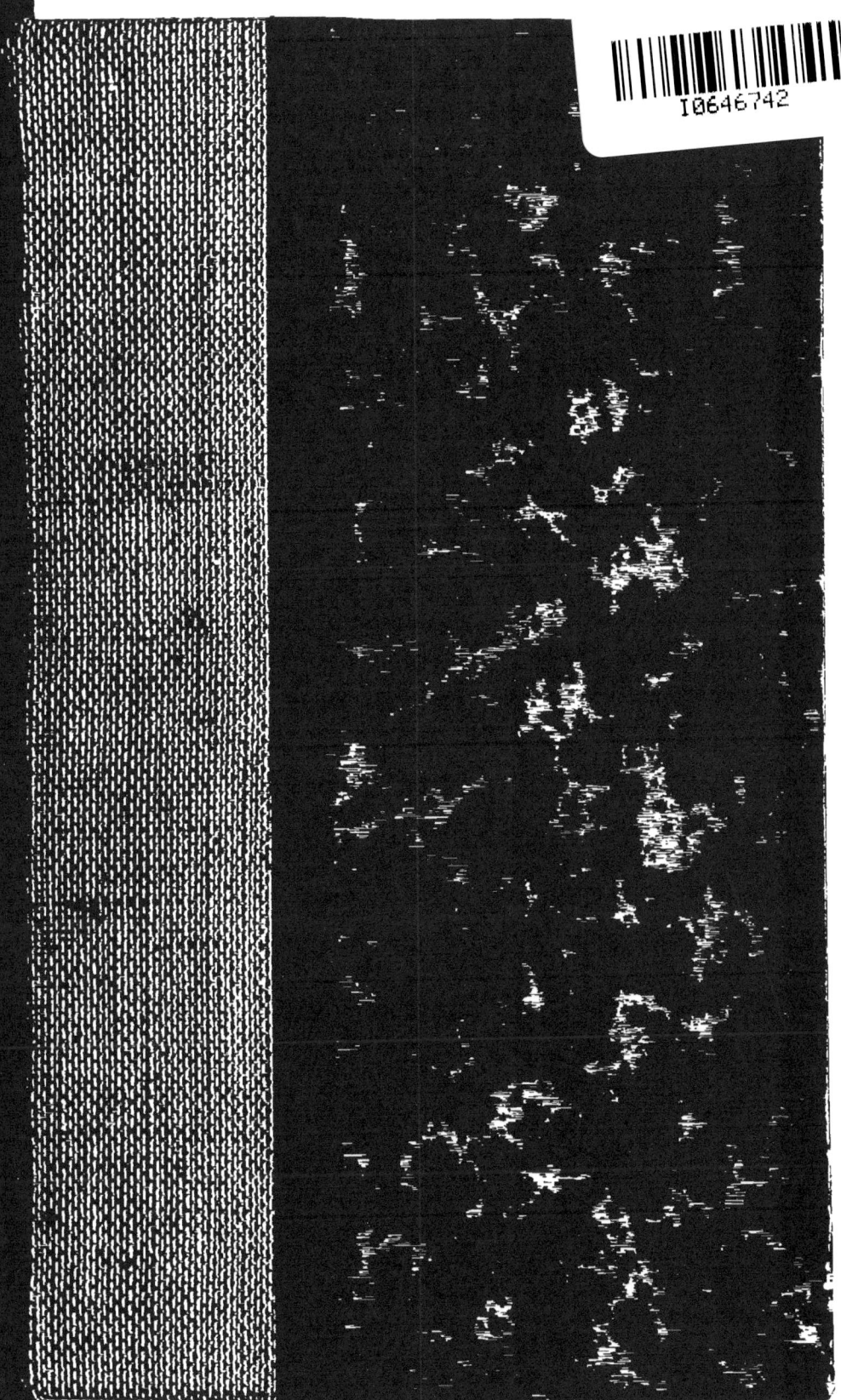

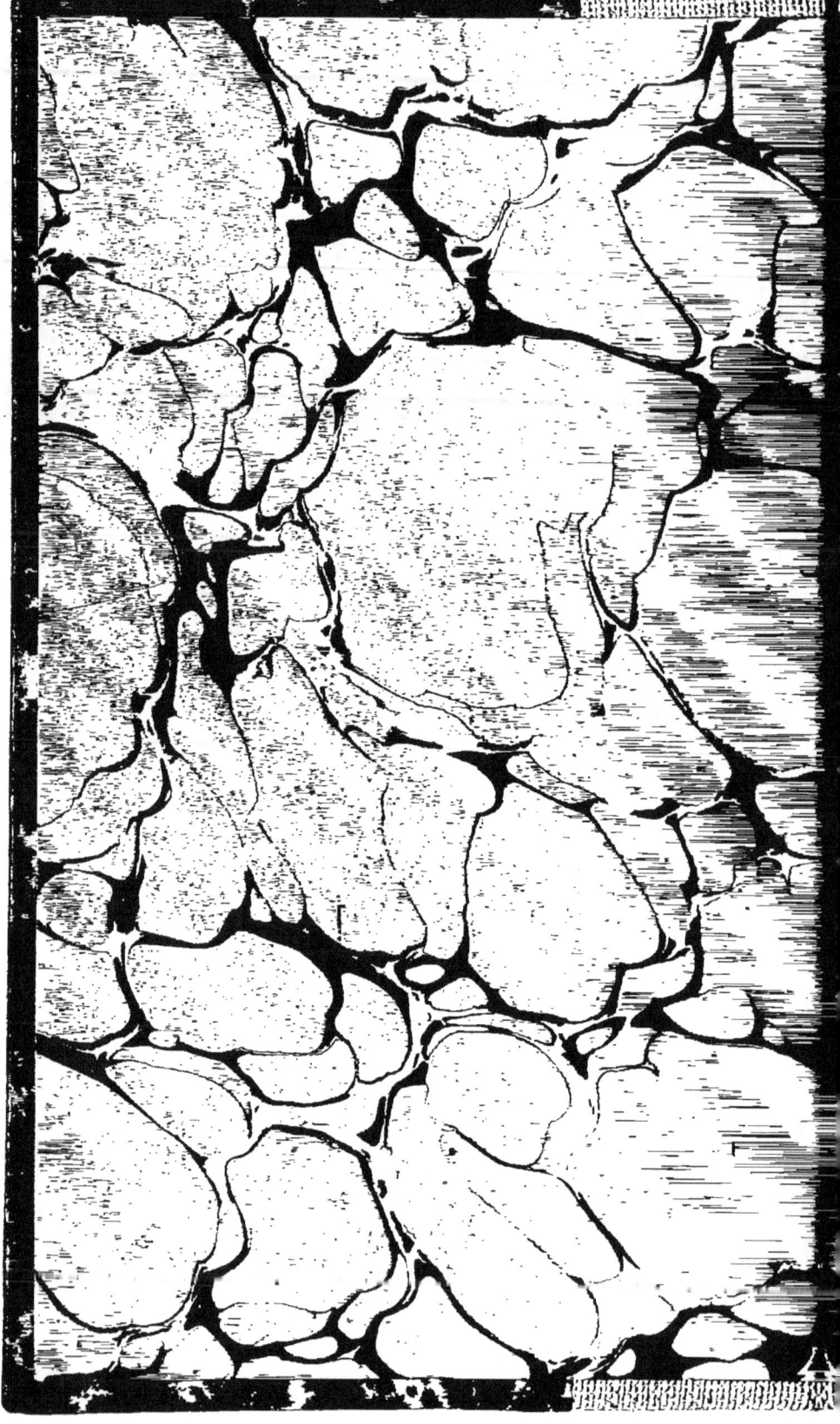

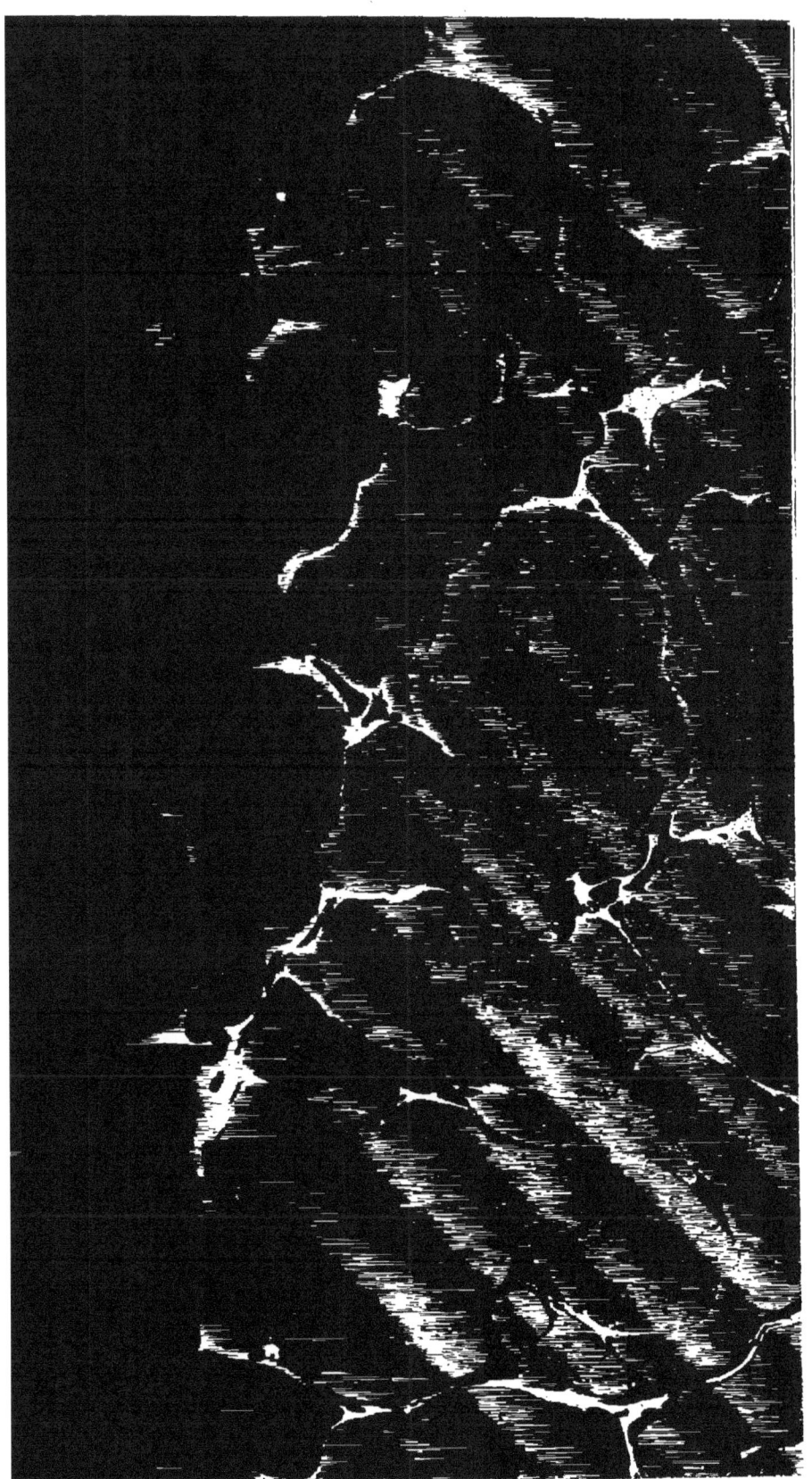

EBRARO

MARGUERITES

EN FLEURS

PAR

JEAN LANDER

AVEC UNE PRÉFACE PAR ERNEST HELLO

1103

PARIS

VICTOR PALMÉ, LIBRAIRE-ÉDITEUR

RUE SAINT-SULPICE, 22

1864

MARGUERITES EN FLEURS

TYPOGRAPHIE

MONNOYER FRÈRES

Au Mans (Sarthe)

MARGUERITES

EN FLEURS

PAR

JEAN LANDER

AVEC UNE PRÉFACE PAR ERNEST HELLO

PARIS

VICTOR PALMÉ, LIBRAIRE-ÉDITEUR

RUE SAINT-SULPICE, 22

1864

PRÉFACE

On calomnie beaucoup, et beaucoup
plus qu'on ne le croit. On a calomnié
les Fleurs des champs.

Les Fleurs des champs ont un langage ; elles parlent : si elles ne parlaient
pas, les champs n'auraient pas de Fleurs.

Les hommes ont accusé les Fleurs des
champs de prononcer des paroles inuti-
les. Ils ont mis sur le compte des Fleurs
mille divagations creuses, niaises, vides,

qui venaient d'eux, et non pas d'elles. Ils ont dit que les Fleurs des champs parlaient pour ne rien dire.

Plusieurs écrivains ont écrit dans ce sens. Leurs lecteurs, trompés par eux, ont dit que la Poésie est un rêve. Parlant à leur tour sans savoir le sens des mots, ils ont dit que le Poète est celui qui ne fait rien, et cependant Poète, dans l'unique signification du mot, veut dire en grec *celui qui agit*, et ceux qui ne savent pas le grec pourraient peut-être deviner cela.

Ce petit livre a pour but, si je ne me trompe, de réparer l'honneur des Fleurs des champs.

On les a fait mentir : il faut rétablir leur langage ; car la réparation des honneurs outragés n'est pas une chose inutile.

Les Fleurs des champs peuvent porter l'homme vers la vie, ou le porter vers la mort. Il y a des bouquets qui sont des crimes.

L'homme a corrompu quelquefois les Fleurs, dans l'intérêt de ses passions. Il leur a appris la langue du mensonge, et il a dit que c'était leur langue naturelle. On a dit que les Fleurs avaient pour habitude de flatter lâchement la bêtise de l'homme quand il s'endort, en rêvant, dans cette paresse spéciale qui roucoule d'une certaine façon. Les Marguerites ont été profanées, et cependant elles contiennent un enseignement qui, comme tous les enseignements vrais, est grave et profond. Elles sont là, par ordre de Dieu, pour la vérité et pour la joie, non pas pour le caprice et pour la niaiserie. Elles

doivent encourager l'homme dans la voie
vraic de la vie, non pas le flatter dans
ses erreurs. Elles sont une parure, et
non pas une illusion. Les Fleurs ont été
profanées comme les étoiles. Ce petit
livre tend à la vengeance des Fleurs. La
vengeance des étoiles parlera sur un ton
plus terrible.

ERNEST HELLO.

L'HÉRITAGE

Grâce est un petit village très-pauvre de la Bretagne; quelques maisons à peine couvertes et à peine fermées entourent son église, une des plus belles du pays. Son clocher pointu s'aperçoit au loin, découpé comme de la dentelle.

Du haut de ce clocher on découvre une campagne admirable, toute sillonnée de petits chemins verts, ombragés et bordés de genêts épineux, chargés de fleurs jaunes comme de l'or.

1

C'est le long de ces sentiers que, le dimanche, on voit, se rendant à la messe, les
femmes de la campagne, parées de leurs jupes
de drap et de leurs hauts bonnets de mousseline ; et les hommes, abrités sous leurs grands
chapeaux de feutre noir, la taille serrée dans
leur ceinture de soie, avec la culotte courte,
la veste blanche et les guêtres de cuir forte-
ment bouclées autour de leur jambe nerveuse
et agile.

C'est le long de ces sentiers, coupés de
loin en loin par une croix plantée de travers,
que l'on entend ces ballades bretonnes si mélancoliques, où le nom de Dieu ne revient
pas une fois, que tous les chapeaux ne se lè-
vent, comme en passant devant les croix ou
devant les chapelles.

Le visage grave des hommes, l'air naïf et
étonné des femmes autant que leur costume,
qui date d'Abraham, promet au parisien qui
arrive quelque chose de neuf et de jeune, qu'il

chercherait en vain dans nos villes modernes, toutes recrépies par le progrès, et branlantes d'une vieillesse profonde et incurable.

Le parfum même de ces champs a quelque chose de suave et de fort que n'ont pas les prairies dans nos contrées les plus fertiles, et qu'ils doivent à une odeur de goëmon, qui se sent par toute la Bretagne.

Une pauvre femme, suivie de sept enfants, marchait gravement le long du sentier qui conduisait de sa chaumière, située en plein champ, à l'église de Grâce.

L'aînée de ses enfants, était une jeune fille de 17 ans au plus ; son visage effilé, encadré de cheveux blonds, surmonté du grand bonnet de mousseline qu'elle ne mettait que le jour des grandes fêtes, avait cet air rêveur et ferme, particulier aux femmes de la Bretagne.

On sent, en regardant ces yeux là, que leur rêverie ne porte pas sur les choses frivoles et malsaines qui rendent rêveuses les jeunes filles

de Paris, mais bien sur les choses mystérieuses
et fortes, que les vieux prêtres de nos campagnes enseignent sous les voûtes de leur pauvre église. Sa taille courte était emprisonnée
dans un petit corset de drap rouge, et sa jupe,
sans aucun ornement, tombait en plis droits
au-dessus de la cheville ; son pied, chaussé
de laine brune et d'un chausson tricoté, se
posait à ravir dans un petit sabot de bois noir.

Déjà Yvonne et sa mère avaient passé devant deux ou trois des croix plantées au bord
du chemin, et chaque fois elles avaient fait
le signe de la croix.

— Ici, disait Yvonne en se signant, le vieux
père Gaury est tombé mort de froid dans le
rude hiver, d'il y a deux ans, ma mère : c'était
un homme droit et juste, et j'ai pour espérance qu'il est depuis ce temps en la compagnie des Saints... Ici, Marie-Jeanne Kervin-
cent, a été écrasée nuitamment par la voiture
de son frère.

— C'était, dit Marie, une fille sage et d'un entendement au-dessus de son état. Que notre Dame la Vierge Marie lui soit propice !

Ainsi de croix en croix, les deux femmes allaient rappelant leurs souvenirs et priant pour les morts.

Quant aux six autres enfants, ils couraient de tous côtés, ramassant les fleurettes le long des sentiers.

— Voyez-vous ma mère, dit Yvonne, après un long silence, je ne savais pas que ma joie devait se changer si vite en regret. J'ai bien désiré l'habillement que je porte, et en ce moment, il me pèse sur le cœur. C'est dix écus qu'il a coûté, et si aujourd'hui vous veniez à tomber malade, ces dix écus-là vous manqueraient bien rudement.

— Ne te chagrine pas, dit la mère, ne faut-il pas que tu passes toute ta pauvre jeunesse sans avoir un seul contentement ! Je n'ai point de regret de ce que nous avons fait.

Ma mère, dit encore Yvonne, ce n'est pas pour mépriser la grande générosité que vous avez eue, mais je vois bien que c'est un petit contentement que celui qui nous vient d'un habillement, et que la privation qu'il peut nous causer serait grande. Mes frères et sœurs n'ont plus rien.

Il me semblait, il y a six mois, que j'entrerais bien fière, le jour de Pâques dans l'église de Grâce, si j'avais comme les autres, un habillement neuf de drap fin. C'est tout le contraire qui arrive, ma mère.

— Si c'est cette réflexion-là que tu fais, ma fille, dit la bonne femme, c'est encore, pour moi, une raison de plus de ne pas regretter l'habillement que tu portes, car je vois que si tu y as trouvé une parure de jeunesse, tu y as trouvé un enseignement de sagesse; et si cela a été une bonté de ma part de te le donner, j'ai, à cette heure, ma récompense.

On était arrivé à l'église et Yvonne y entra

suivant sa mère, et tenant par la main ses plus jeunes frères.

— Voilà la veuve Kirnoëc, dit un homme en les voyant passer. Elle est déjà sur l'âge, et cela fait compassion de lui voir une aussi lourde charge de famille.

— Yvonne est sur ses dix-huit ans, dit un autre homme, la voilà d'âge à gagner pour ses proches.

— Je lui vois de trop beaux habillements, dit une vieille femme, pour avoir une grande opinion du dedans de son cœur.

Yvonne rougit et deux grosses larmes se firent jour sous ses longs sourcils.

— Yvonne est aujourd'hui plus avenante qu'elle ne l'a jamais été, dit un des jeunes gens serrés en groupe près de la porte, et si son bel habillement lui coûte cher, il la pare grandement.

Yvonne rougit encore plus, et se mettant à genoux par terre, elle posa son chapelet près d'elle, et cacha sa tête dans ses mains. Elle resta ainsi tout le temps de la messe, et ce temps ne fut perdu ni pour la prière ni pour la réflexion.

Elle pensa qu'elle avait sacrifié le bien-être de ses frères et de ses sœurs, et peut-être le soulagement de sa mère, au plaisir de porter une parure qui, en définitive, ne lui avait attiré que les compliments d'un jeune homme étourdi, le blâme d'une vieille femme, et, elle le sentait bien, le doute de deux vieillards qui avaient été les amis de son père, et qui avaient maintenant compassion de sa mère.

— Ceux, pensait-elle, qui ont pensé au véritable moi-même, au dedans de mon cœur, n'ont trouvé, en me voyant, que le doute et le blâme, et c'était une véritable justice. Quant à Yves-Marie, s'il m'a trouvée avenante, c'est par manque de réflexion et de sagesse, car voilà mes frères et sœurs qui sont pieds nus près de moi.

— En sortant de l'église, Marie Kirnoëc dit à sa fille :

— Puisque c'est le pardon, restons pour les danses ; tu es d'âge à prendre un peu de plaisirs, et sans offenser le bon Dieu, tu peux bien faire un tour de passe-pied ou une bourrée. Voilà, là bas, Yves-Marie qui ne te laissera pas derrière les autres, dit la bonne femme en souriant : Yves-Marie, en effet, prit Yvonne par la main et l'entraîna.

C'était un jeune homme d'une vingtaine d'années, grand, leste, fort, lent à la marche, agile à la course, lent à la réflexion, prompt à l'action qu'elle détermine, d'une imagination facile à charmer, et d'une conscience invincible.

— Yvonne, lui dit-il, tu es la plus avenante de tout le pardon.

— C'est, dit Yvonne, avec courage, que tu n'as pas connaissance de la faiblesse de mon intérieur, car si tu pouvais connaître la manière dont j'ai offensé Dieu, tu ferais une grande différence de ce que je semble et de ce que je suis.

Les jeunes gens dansaient, et quand la bourrée fut finie, Yves-Marie répondit comme s'il n'avait pas été interrompu près d'une demi-heure :

— C'est peut-être bien cette pensée que tu as eue toi-même qui te pare, plus que ta jupe de fin drap.

Yvonne rentra avec sa mère et ses frères, qui avaient joué pendant le pardon, sur les pelouses et le long des chemins. Elle ôta lestement sa parure de drap et sa grande coiffe, la plia avec soin et la posa dans un coffre de bois servant de banc. Elle la regarda long-temps et se promit en elle-même de ne plus la porter qu'elle n'eût, par son travail et par ses soins, assuré l'existence de sa mère et de ses frères.

— Seigneur, dit-elle le soir quand elle fut

à genoux pour la prière, je prends sur moi une charge bien lourde, mais je ne me confie à rien sans votre assistance qui me peut faire accomplir des projets plus grands que ceux mêmes que j'entreprends.

Ce soir là, elle coucha ses frères avec plus de soins qu'elle ne l'avait jamais fait, sous la pauvre couverture rapiécée qui les couvrait, et dès que sa mère fut endormie, elle se mit à son rouet, et pour la première fois de sa vie prit sur son sommeil pour le bien de la maison.

— Que fais-tu Yvonne ? dit la mère qui se réveilla.

— Je fais réflexion, dit Yvonne. Le temps est venu où je dois vous être d'un soutien, ma mère, ainsi qu'à mes frères et sœurs. Si je vivais dans l'espérance qu'ont toutes les jeunesses de se marier et de quitter la maison pour avoir un bien à elles, je vous laisserais une trop lourde charge pour une femme d'âge d'élever et soigner des enfants qui, dans dix ans d'ici, quand vos mains trembleront et ne pourront tenir seulement une aiguille, auront encore besoin de soins et prévenances, que votre grand âge réclamera aussi, et plus encore que leur jeunesse.

Marie Kirnoëc se retourna dans son lit, le visage tourné contre la muraille, et ne répondit rien à sa fille.

Celle-ci, continua son travail, et quand enfin elle le quitta et qu'elle s'approcha du lit de sa mère pour l'embrasser avant de s'endormir à son tour, elle fut très-suprise de la trouver pleurant silencieusement.

— Vous ai-je donc fait de la peine, ma mère, lui dit-elle ?

— Bien au contraire, dit Marie ; mais le contentement que tu m'as donné aujourd'hui ne pouvait entrer dans mon cœur sans amertume, car je faisais en moi-même réflexion, que j'avais aimé votre père Kinoëc d'un grand

cœur, et que j'y avais trouvé le contentement
de ma vie. Faut-il donc que tu payes du contentement de toute ta jeunesse mon bonheur
passé, et que la famille que j'ai eue retombe à
ta charge ?

— Ma mère, dit Yvonne, ne vous laissez
pas aller à des idées de contentements pas-
sagers pour moi, mais bien plutôt réjouissez-
vous dans votre cœur de voir entrer dans
mon intérieur une si robuste satisfaction de
faire la volonté de Dieu. Si vous étiez avec
moi sans charge de famille, je vous dirais à
qui mon cœur ferait volontiers abandon de sa
tendresse, sachant bien que ma joie serait
pour vous au-dessus des accoutumances de
votre vie, qu'il faudrait peut-être mettre en
oubli sur plus d'un point ; mais la charge qui
vous échoit en cette vie est au-dessus de vos
forces. Je connais, à la faiblesse de jeunesse
de mes frères et au branlement de vos mains,
qu'il faut que je sois votre fille et leur mère.

Le dimanche suivant, Yvonne, allant à la messe avec sa mère, rencontra encore Yves-Marie.

— Eh bien donc, Yvonnette, lui dit-il, tu gardes donc pour les grandes fêtes ta belle parure de drap?

— Ma belle parure de drap, dit Yvonne, est enfermée pour longtemps dans le coffre de notre maison. Ne vois-tu pas, lui dit-elle, en prenant quelques pas d'avance sur sa mère, ne vois-tu pas que ma mère prend de l'âge et que mes frères sont petits ; je baille ma vie à les secourir ; si donc tu es ami de nous, comme il semble, donne moi un conseil pour bien faire au vis-à-vis d'eux et ne redoute pas pour moi la rudesse du parti qu'il faudra prendre.

J'abandonne ma vie à mes propres et mon cœur à Dieu.

— Ton cœur à Dieu, dit Yves-Marie, qui baissa la tête, veux-tu donc entrer en religion ?

Yvonnette leva les yeux et rencontra le regard d'Yves-Marie ; tous deux pâlirent en se
regardant.

Yvonne, troublée de cette émotion, retourna
jusqu'à sa mère, lui prit le bras et entra avec
elle dans l'église, où déjà Yves-Marie avait pé-
nétré vivement.

Je crois que s'il était possible à un parisien
d'être transporté, tout à coup, du boulevard
des Italiens dans une église de la Bretagne, au
moment de la grand'messe, quand toutes les
têtes sont courbées, quand tous les cœurs bat-
tent ensemble, émus d'une même pensée,
quand un long murmure de recueillement se
mêle à la voix grave de l'orgue et que l'encens
remplit la nef de vapeur et de parfum, je crois
que, peut-être le parisien oublierait la profonde dégradation de sa capitale, ses haines,
ses agitations, ses troubles, ses passions et ses
plaisirs, peut-être qu'il se laisserait pénétrer
par la suave candeur qui éclate sur les fronts

penchés de ces femmes coiffées de mousseline, et de ces hommes à cheveux longs qui
ont les mains si rudes et le cœur si tendre. La
vérité colore tous ces visages brunis au grand
air, d'un éclat irrésistible, et il leur deman-
derait peut-être, aussi humblement que le ferait un enfant, un asile au milieu de leurs
champs fleuris, un asile où il puisse oublier
sa jeunesse passée et guérir la décrépitude
précoce de son cœur. Il voudrait renaître à la
jeunesse, mais pour cela des enfants de dix
ans lui enseigneraient qu'il faut remonter à
Celui devant qui toutes les générations ont
passé et qui seul donne et possède la jeunesse
puisqu'il est éternel.

Il apprendrait là la science profonde des
ignorants, il deviendrait peut-être assez
jeune pour distinguer ce qui est de ce qui
n'est pas, et mettant chaque chose à sa place
le tout et le rien, il baisserait enfin la tête
dans une joie profonde, et recevrait, dans

un cœur renouvelé, la jeunesse qui ne finit pas.

Yves-Marie habitait, près de la maison d'Yvonne, avec un vieil oncle qu'on appelait le père Crochut. Le père Crochut devait, en mourant, laisser tout son bien à Yves-Marie. Tous deux le cultivaient, l'un avec l'amour que les vieillards ont pour les choses qu'ils vont quitter, l'autre avec l'ardeur que met la jeunesse à acquérir l'indépendance.

— Vois-tu, mon garçon, disait le père Crochut à Yves-Marie, avant qu'il soit longtemps, nous pourrons, avec nos épargnes, acheter la petite terre du voisin ; c'est un vieil homme qui n'en a pas pour longtemps.

Et quand par hasard le père Crochut se souvenait qu'il était du même âge, il ajoutait :

— Cet homme-là a toujours été chétif, vois-tu mon fils ; ce n'est pas pour en dire plus qu'il n'y en a, mais dans ma jeunesse, en

soufflant dessus, je l'aurais renversé par
terre... Nous achèterons son bien, et après,
si tu en as la fantaisie, tu prendras femme, et
je puis dire qu'elle aura un beau bien à soigner; il faudra une jeunesse grande, forte et
point fière, épargneuse, ayant du linge et
quelques écus, Il y a plus d'une fille dans
Grâce qui pense à toi, va, et même possible
dans Guingamp; laisse-moi faire, je saurai
bien te choisir celle qu'il te faudra... quand
même il faudrait aller à Saint-Brieuc pour
cela. Je suis ancien dans le pays, et je connais le haut et le bas d'un chacun... On ne
me tromperait pas d'un liard sur la dot ni sur
l'héritage d'une fille à vingt lieues dans notre
entourage.

Le père Crochut avait bien souvent parlé
ainsi à Yves, et celui-ci l'avait laissé dire
sans même bien écouter de quoi il était question.

Et quand le père Crochut lui disait :

— Ça te va-t-il cela ?

— Sans doute, sans doute, disait Yves, mais le moment n'est pas encore venu.

Le père Crochut était fort de cet avis que le moment n'était pas encore venu, car déjà il avait dit :

— Quand nous aurons le petit pré, il faudra penser à prendre femme. On avait acheté le petit pré et le père Crochut avait dit :

— Quand nous aurons le champ de Jean-Pierre, il faudra prendre femme. On avait acheté le champ de Jean-Pierre et le père Crochut disait encore :

— Quand nous aurons acheté le champ du voisin... (lequel n'était pas encore mort et ne pensait pas à vendre son bien).

Mais, ce jour-là, quand le père Crochut, après avoir parlé de prendre femme, de la choisir lui-même, de l'avoir grande, forte, et pas mal riche, quand le voisin serait mort, ajouta :

— Cela te va-t-il ?

Yves-Marie, pour la première fois, écouta et répondit :

— Cela me va, mon oncle, c'est-à-dire en un point, car pour ce qui est d'attendre que le voisin soit mort, ça n'entre pas dans ma volonté ; c'est quasiment une offense à faire au bon Dieu de subordonner son bonheur et sa joie à la défaillance et agonie d'un quelqu'un ; le cœur me faille en pensant que le premier baiser que je donnerais à ma promise serait quasiment mêlé au râle d'un mort. Si le voisin veut danser à ma noce, qu'il y vienne. Il n'y a pas plus noire pensée que de soumettre sa plus douce joie de jeunesse à la mort du prochain.

— Sans doute, sans doute, dit le père Crochut ; mais il faut pourtant penser, mon garçon, que le premier bien qui arrive en ménage c'est une charge de famille, et qu'il faut du pain cuit d'avance.

— Mon cher oncle, dit Yves-Marie, j'ai
un bon cœur et deux bons bras ; c'est plus
que n'en a eu mon père en entrant en ménage,
car s'il était de bonne volonté et aimant ma
mère, il était d'une santé branlante qui le tenait plus souvent à la maison qu'aux champs.
Plus riche que lui de la santé, je vais, comme
lui, tenter le bonheur de ce monde.

— Ah ! dit le père Crochut en se levant et
regardant son neveu avec des yeux fixes et
brillants qu'Yves ne lui avait jamais vus, c'est
donc pour le sérieux que tu y penses ; tu vas
faire entrer ici en maîtresse une étrangère qui
réglera tout selon son caprice, sans soucis de
ce que nous aimons. De quoi donc ! N'as tu
pas été heureux depuis que ton père est mort
et que tu es avec moi ? On peut dire que pour
toi, pour toi seul, j'ai été épargnant au detri-
ment de mon bien-être, et aujourd'hui tu vas
mettre un aussi long passé en oubliance pour
je ne sais quelle mine de jeunesse qui n'a de

sa vie pensé à toi ! Ce n'est pourtant pas bien
rude la vie que nous avons ensemble ! Qu'y
veux-tu changer ?

— Tout et rien, dit Yves d'une voix claire ;
à côté du contentement, j'y veux faire entrer
le bonheur ; car, pour si bon que soit un oncle,
mon oncle, il ne tient lieu ni de femme ni
d'enfant. Allons ajouta-t-il en riant, réjouis-
sez-vous, père Crochut, vous n'irez pas jusqu'à Saint-Brieuc chercher ma promise, et
nous n'attendrons pas, s'il plaît à Dieu, que
le voisin soit mort pour danser. Nous allons,
sans tarder, voir passer ici une mine avenante.
nous aurons, en revenant des champs, le feu
flambant dans l'âtre, la table mise, et au lieu
de manger ici notre lard froid, nous aurons la
soupe chaude ; une fraîche voix de jeunesse
nous appellera, nous ne mettrons pas si souvent les prières du soir en oubliance, père
Crochut, quand il faudra répondre *amen* à la
voix d'une jeunesse sage et craignant Dieu ;

et si c'est pour la plus grande douceur de notre vie, je crois que c'est aussi pour la plus grande sûreté de notre salut qu'il nous faut une femme dans notre maison. Elles ne sont pas de trop en ce monde. Le Seigneur Jésus nous en fait bien montre, puisqu'il s'est servi de Notre-Dame la très-sainte Vierge pour se présenter emmy les hommes.

— Si c'est ton idée, dit le père Crochut en baissant les paupières et en se rasseyant, je ne m'en dédis pas, quand il faudrait aller jusqu'à Saint-Brieuc pour te trouver une héritière...

— Ne vous mettez pas en peine de voyage, mon oncle, dit Yves ; d'ici à quelques jours, je vous montrerai celle que j'ai choisie.

— Dans Grâce ! dit le bonhomme en agitant sa chaise, où il n'y a pas une jeunesse ayant seulement cent écus de biens ! N'y pense pas.

— J'ai toujours eu dans l'idée, dit Yves, qu'une réflexion de sagesse que j'entendrais

sortir de la bouche d'une jeune fille de quinze
ans vaudrait plus pour moi que du bien au
soleil ou des pistoles neuves.

— Mon garçon, dit le vieil homme en
regardant son neveu en face, tu as un ton
qui ne convient ni à ta jeunesse, ni à mon
grand âge. Va faire réflexion dehors, et choisis entre le bien de ton oncle ou les paroles
de sagesse que tu peux avoir entendues.

Yves-Marie sortit sans répondre et se
demanda en quoi il avait pu fâcher son oncle
en lui parlant de son bonheur. Puis apercevant le long d'un sentier Yvonne qui revenait
de chercher ses frères à l'école, il coupa lestement à travers champs et se trouva bientôt
devant elle.

Yvonne, en l'apercevant, prit les enfants
par la main et avança plus vite afin de l'éviter. Mais après quelques pas, elle s'assit
toute tremblante au bord d'un fossé.

—Passe ton chemin, Yves, lui dit-elle, car

il ne faut pas donner de mauvaises pensées
au monde, et je ne suis pas venue ici pour t'y
trouver.

— Dimanche, dit Yves, tu parlais sage-
ment, et maintenant tu parles rudement. « Si
tu es ami de nous, comme il semble, me
disais-tu, donne-moi un bon conseil ; » que
sais-tu si je ne viens pas te donner un bon
conseil ?

— Parle donc, dit Yvonne, et fais vite,
car il ne faut pas que le monde trouve à
redire à ma conduite, et je ne veux pas rester
longtemps avec toi en la solitude des champs.

Yves-Marie resta tout interdit ; il ne recon-
naissait plus Yvonne, celle qui lui avait parlé
si doucement et si intimement le dimanche
précédent.

— Ce que je voulais te dire, lui dit-il
enfin, demande à sortir d'un cœur à l'aise,
et le ton rude que tu as avec moi me serre les
mots dans la gorge ; j'enverrai le père Cro-

chut parler à ta mère et possible que tu te
sentes du regret de m'avoir ainsi parlé.

— Yves, dit Yvonne, si je fais mal au
vis-à-vis de toi, je t'en marque repentance,
mais passe ton chemin et ne me considère
plus çomme une jeunesse, mais bien plutôt
comme une femme d'âge chargée de famille,
et si tu veux me bien faire, tourne les
pieds quand tu me verras au droit du chemin.

Yvonne se leva, et rappelant ses frères qui
déjà jouaient de tous côtés, elle s'éloigna.
Yves resta immobile à la place qu'elle venait
de quitter.

— Pourquoi donc pleures-tu? dit un des
enfants à Yvonne.

— C'est fait, dit Yvonne, je ne pleure
plus; viens, dit-elle, viens sur mes bras, je
vais te chanter une chanson.

Et d'une voix qui aurait attendri le père
Crochut lui-même, Yvonne se mit à chanter

une vieille ballade qui endormit l'enfant sur son épaule.

Yvonne venait de sentir toute l'étendue de son sacrifice, et elle l'avait accompli en congédiant Yves-Marie, mais quelque chose dans son cœur lui avait fait sentir entre elle et lui une union supérieure qui devait résister aux passagères épreuves de ce monde. Aussi, quand elle rentra dans la pauvre chambre où sa mère l'attendait, montra-t-elle un visage plus épanoui et plus grave qu'elle ne l'avait encore eu. Tandis que les soins du ménage la tenaient au dehors un instant, un des enfants dit à la vieille femme :

— Nous avons trouvé Yves-Marie en chemin et Yvonne a pleuré, mais pas pour de bon, car elle nous a chanté une chanson en même temps :

Marie Kirnoëc serra l'enfant dans ses bras et deux grosses larmes coulèrent lentement sur ses joues ridées. Elle connaissait enfin le

cœur de sa fille, mais l'âge qui avait affaibli
ses mains avait amolli son cœur. Elle accepta
le sacrifice de sa fille et se tut. Quand Yvonne
rentra, son regard croisa le regard de sa
mère, toutes deux baissèrent les yeux, et souriant dans les larmes, elles se jetèrent au cou
l'une de l'autre.

Quand Yves-Marie eut enfin perdu des
yeux Yvonne et ses frères, et qu'il ne fut plus
possible de voir même le haut de sa coiffe
au-dessus des genêts du chemin, il leva les
yeux et se trouva en face du père Crochut.

— Mon gas, lui dit celui-ci d'une voix
brève, je sais à cette heure de quelle bouche sont sorties les paroles de sagesse que
tu prises plus que le bon bien et les pistoles neuves, et même possible plus que
l'amitié de ton oncle, qui ne date pas d'un
jour. Fais selon ton vouloir et choisis entre
les deux, car de mon vivant je ne verrai pas
le fils de mon frère s'assoter d'une jeunesse

n'ayant rien. Vois, si tu te sens assez fort de tes deux bras pour prendre les charges de six enfants et de deux femmes, sans seulement savoir où prendre un lit pour t'endormir.

Yves marcha quelques pas en silence. Son visage contracté témoignait d'un combat intérieur très-violent, que le vieillard ne remarqua pas. Tout à coup il s'arrêta et dit :

— Quittons-nous donc, père Crochut, car, à cette heure, vous savez où est ma joie et vous la tenez en vos mains. Si je ne veux pas soumettre mon bonheur à la mort d'un voisin, encore moins je veux le soumettre à la vôtre. Yvonne est une fille de sagesse et de courage, que j'aimerai toujours en ce monde où notre cœur réclame amitié de même condition de jeunesse. J'en suis encore à savoir si je lui tiens au cœur, mais c'est à elle que je baille ma vie ; je vais donc faire l'épreuve de mes bras après avoir fait l'épreuve de votre cœur, et si la rudesse de la vie ne l'épouvante

1***

pas, nous ne succomberons pas en mettant
notre confiance en Dieu. Pour vous, père
Crochut, je vois bien que les espérances de
bonheur que vous me donniez étaient dans
votre idée comme un rêve dans votre dormir, et que le réveil ne vaut rien aux gens de
votre âge. En restant près de vous, qui sait
si le cœur ne me manquerait pas, et si les
regrets de mon bonheur perdu, par votre
volonté, ne parleraient pas plus haut dans
mon cœur que l'amitié que j'ai pour vous. Je
vais donc tâcher de gagner ma joie, puisqu'elle ne peut m'être donnée, et sans savoir
encore où trouver mon gîte pour la nuitée, je
vous dis au revoir, mon oncle; si votre âge
réclame des soins, je vous les baillerai selon
mon pouvoir en souvenir de ma jeunesse, qui
vous a pourtant profité, père Crochut, car je
laisse votre bien en plein rapport de richesse
et quitte votre maison sans savoir où trouver
mon pain.

— Epouse Marie-Jeanne Lecun, de Guingamp, dit le vieil homme ; je me charge de
faire l'affaire ; elle a des épargnes, et m'a
toujours montré des égards.

— A vous plus qu'à Dieu, peut-être bien,
dit Yves-Marie. Ses épargnes ne me tentent
guère, ne sachant d'où elles viennent, ni si
elles lui sont venues honnêtement ; et le cœur
n'y est point, pour tout dire.

C'est ainsi que se séparèrent, à la croix du
chemin, Yves-Marie et le père Crochut.

Un drame cruel venait de se jouer entre
ces deux hommes, au milieu des champs de
la Bretagne, le même drame qui, chaque jour,
se joue au milieu de nos cités ; avec cette
différence qu'à Paris, Yves-Marie, riche et
suffisamment civilisé, aurait renoncé à la joie
de sa vie pour conserver l'*espérance* d'un
surcroît de richesse que la mort seule devait
lui donner.

Ici, du moins, si le vieillard n'avait pu se

décider, par une ténacité résultant de la faiblesse de son cœur, à partager son bien avec
plus pauvre que lui, pour le bonheur de son
neveu, celui-ci, par une invincible droiture,
avait choisi la pauvreté plutôt que d'étouffer
ses espérances ; il avait senti que cet adieu
n'était pas entre le père Crochut et lui un
véritable adieu, et qu'il aurait moins à en
souffrir que de la séparation profonde qui
serait résultée de l'abandon que Yves-Marie
aurait fait de lui-même, en laissant son bonheur suspendu aux lèvres mourantes, au dernier souffle du vieillard. L'horreur de cette
pensée avait révolté son âme, et ne sachant
où aller dormir, ni où trouver son pain du
lendemain, il s'écria joyeusement :

— Vivez cent ans, père Crochut !

Cependant il fallait penser à son pain du
lendemain, à son gîte pour la nuit. Yves réfléchit un instant, puis prenant lestement à
travers champs, il gagna le village, suivant

les sentiers, s'arrêtant quelquefois, charmé
sans s'en rendre compte du murmure et de
l'harmonie de la campagne, rêvant au souffle
du vent, murmurant une ballade et chantant
à pleine voix dans les prés, en même temps
que les fauvettes dans les haies ; le bêlement
des moutons l'arrêta un instant, et je ne sais
quoi de doux lui traversa le cœur, les larmes
et le sourire passèrent en même temps dans
ses yeux ; il reprit plus lestement sa route.

— Voilà Yves-Marie, dit un vieillard en
le voyant passer, le neveu du père Crochut.
La gaieté va avec la richesse, il faut croire ;
le voilà bien alerte, et sa figure est toute
dorée de contentement. Le père Crochut est
riche et laissera de bon bien ; il ne manque
rien à ce garçon-là, et la plus riche héritière
du pays sera pour lui, s'il en a l'ambition.

Yves n'entendit rien, et marcha sans s'arrêter jusqu'au bout du village ; là il poussa la
porte d'une pauvre maison et entra.

Cette maison, composée seulement d'un rez-de-chaussée, était couverte en ardoises, et percée de deux petites fenêtres à vitres épaisses ouvrant sur la campagne; l'intérieur était grossièrement planchéié, et à peine meublé. Un grand lit sans rideau, couvert d'une courte-pointe d'indienne piquée trop courte, laissant passer tout autour des draps de grosse toile grise, occupait le fond de la pièce; devant une des fenêtres, une grande table de bois blanc, couverte de livres et de papier, au milieu une table carrée recouverte d'une nappe blanche, quelques chaises et le prie-Dieu, composaient le mobilier.

Au moment où Yves entra, un homme d'une quarantaine d'années était assis près de la cheminée, où cuisait dans un coin, sur une chevrette, à ras terre, le plat destiné au souper. Cet homme, pâle, grand, maigre, voûté, frissonnant et souffreteux, était le curé de Grâce; il était là depuis dix ans, menant une vie pauvre, souffrante, sévère et joyeuse, entre une vieille femme de soixante ans et un chien noir au poil hérissé et du plus aimable caractère ; il se nommait Judas. Il rachetait cet épouvantable nom par une fidélité à toute épreuve.

— Je l'ai nommé Judas, disait M. Pontesbeau en riant, pour ne pas trop m'attacher à lui et pour ne pas lui faire trop de caresses, et puis le jour où il est venu au monde, il promettait d'être blanc et il est noir ; il m'a trompé. (C'était lui qui accompagnait M. Pontesbeau dans ses courses nocturnes près des malades et des mourants, défendant M. Pontesbeau, et même Dieu que celui-ci portait, des attaques et des mauvaises rencontres.)

Quand Yves entra, M. Pontesbeau lui sourit, et Judas lui sauta aux jambes, mais il s'arrêta court au moment de saisir le pantalon.

— Il est agressif aujourd'hui, dit le curé; il a couru toute la nuit dans les chemins avec moi, cela lui gâte le caractère.

– – Il faut pourtant qu'il se fasse à moi, au moins pour un moment, dit Yves, car je viens, monsieur le curé, vous demander un gîte pour la nuit et même un morceau de pain pour mon souper, et même encore plus que tout cela, un bon conseil pour la conduite de ma vie.

Yves-Marie raconta sa rencontre avec Yvonne, les paroles sages qu'il avait entendues d'elle, sa résolution de l'épouser, et, passant sous silence son explication avec le père Crochut, il se contenta de dire :

— Monsieur le curé, le père Crochut n'y est pas consentant pour le moment; je n'en veux donc pas parler à la veuve Kirnoëc, mais seulement quand je me serai mis à même de gagner par mes mains le pain de la maison. Je cherche donc une condition dans les fermages d'alentour, où je sois employé selon ma force et payé selon mon travail.

— Je connais à Châtelaudren un homme qui vous prendra à son service, dit le curé.

— C'est loin cela, dit Yves, c'est de l'autre côté de Guingamp, mais enfin, si je puis venir le dimanche voir le père Crochut et Yvonne, c'en est assez ; il ne faut pas faire entrer en même temps dans son esprit le travail et la fantaisie.

— Mon fils, dit M. Pontesbeau en finissant de souper avec Yves, il me semble qu'il faut faire droitement toutes choses, et que, puisque vous avez le projet d'épouser Yvonne, il faudrait en parler à sa mère, à elle-même peut-être, avant de rien entreprendre. Si vous êtes destinés à être unis, soyez-le dès maintenant ; si vous devez vous séparer en attendant le moment opportun pour le mariage, peut-être faut-il que ce soit d'un commun accord, et que, loin l'un de l'autre,

vous ayez la même espérance et la même
volonté.

— Monsieur le curé, dit Yves, Yvonne ne
me marque aucune amitié et même, ce matin,
elle m'a dit de passer par les prés quand je
la verrais par les chemins, disant qu'il ne
fallait pas que l'on eût mauvaise idée d'elle,
ce qui pourrait bien advenir si on la voyait
s'entretenir avec moi. D'ici le moment où
je gagnerai assez pour soutenir une famille,
je tâcherai de découvrir la véritable idée
de son cœur, et si l'amitié que je lui ai
marquée par mon silence et mon travail
la peut attacher à moi, je lui ferai mon
grand merci en me confiant à elle pour la
vie.

Le lendemain Yves, muni d'une lettre du
curé, partit pour Châtelaudren, non sans
avoir été chez le père Crochut; lui annoncer
son départ.

— C'est ainsi, dit celui-ci, que tu abandonnes un homme d'âge comme moi dans la solitude?

— Retournez vos discours contre vous-même, mon oncle, dit Yves, car demain, si vous vouliez, votre maison serait remplie de joie et de jeunesse; je ne saurais vous en vouloir de faire à votre idée, mais je ne puis y sacrifier ni ma vie ni mon cœur.

Yves s'était bien promis de ne pas chercher à voir Yvonne avant son départ, mais il n'y put tenir et chercha mille prétextes pour se tromper lui-même. Il lui fallait un bâton pour faire la route, et il ne pouvait le prendre, en vérité, qu'au gros chêne qui faisait le coin de la petite terre de la veuve Kirnoëc ; là seulement il ne causerait aucun dommage ; les autres chênes étaient trop jeunes ; celui-là seul était assez fort pour être mutilé impunément. Décidément, il fallait prendre un bâton.

Yvonne le vit venir de loin, et, tournant

derrière la maison, elle s'éloigna en chantant.

Yves tourna le pré, espérant se trouver à sa rencontre.

Yvonne vit sans doute son ombre, car elle revint sur ses pas, sans même détourner la tête, et rentra dans la chaumière.

Yves sentit que par ces différents mouvements Yvonne l'avait évité ; il est vrai qu'elle pouvait bien ne pas l'avoir vu... elle ne l'avait certainement pas vu..

— Voyons, se dit tout à coup Yves, il ne faut pas me faire à moi-même de menteries ; elle n'a pas voulu me parler, et bien elle a fait : que lui aurais-je dit ? je parlerai à sa mère avant de lui rien dire, et seulement quand j'aurai au bout de mes bras le pain de la maison.

Mais il en coûtait trop au jeune homme de partir ainsi ; il s'assit au bord du fossé, et posant près de lui son bâton, le bâton coupé au grand chêne, il cacha sa tête dans ses mains et pleura. Les champs s'étendaient devant lui chargés de moissons, les prés étaient verts, les chemins fleuris, les arbres chargés de fruits pliaient au-dessus de sa tête.

— Que suis-je donc, se dit-il, pour n'avoir pas à moi un coin de cette terre grise? Je saurais bien arracher de ses entrailles du pain, des fleurs, des fruits pour Yvonne et pour moi. Elle est là, froide et muette sous mes pieds ; elle ne parle pas, mais elle n'est pas insensible comme les hommes, et si je lui disais : J'ai faim! des gerbes dorées sortiraient de ses sillons sans répondre, sans marchander : elle mettrait le pain dans mes mains.

La solitude, la pauvreté se sentent bien plus amèrement au milieu des champs fleuris qu'au milieu de nos villes. La richesse, l'abondance vous entourent de toutes parts ; on ne fuit pas cette richesse qui éclate partout, autour des plus pauvres chaumières, et jusque dans les chemins les plus étroits et les plus détournés ; elle est partout à la portée de votre main. Il faut dire aussi que dans aucun endroit elle n'est plus facilement partagée : le paysan ne fait pas l'aumône, il fait la charité, la véritable charité ; il dit au pauvre :

— Entrez. Vous avez froid ? voici le feu, j'ai coupé le bois ce matin ; vous avez faim ? voici le pain, j'ai tenu la charrue tout le jour ; vous êtes fatigué ? la moisson est faite, voici la paille fraîche dans un coin de l'étable. Prenez pour vous ce que je prends pour moi-même ; reposez-vous, dormez et que Dieu vous garde.

Mais Yves ne sentit en ce moment que l'abandon ; ses mains étaient vides, et la terre qui était sous ses pieds ne lui appartenait point. Il pleura.

Cependant deux personnes l'avaient suivi des yeux, la veuve Kirnoëc et le père Crochut. Celle-ci avait remarqué la fuite d'Yvonne, celui-là aussi, et chacun l'avait interprétée à sa manière.

— La petite, c'est sûr et certain, s'était dit le père Crochut, n'a pas de penchant pour lui ; le gars verra ce que c'est que d'abandonner les vieux pour les jeunes ! Bien fou serais-je d'abandonner mon bien, un beau bien, à ce garçon, qui ne voit pas de plus grand contentement sur la terre que de parer de cotillons et de coiffages neufs la fille de la veuve Kirnoëc !

Quant à Marie Kirnoëc, en voyant sa fille, et surtout en l'entendant chanter, des larmes avaient rempli ses yeux ; elle s'était souvenue de sa jeunesse, du jour où Pierre Kirnoëc était, pour la première fois, entré dans sa maison ; du jour où, paré d'une veste neuve de flanelle, il était venu la chercher ; du jour où il l'avait conduite dans cette admirable église de Grâce, où, entourée de ses parents, de ses amis, elle lui avait joyeusement confié sa vie. Le cœur lui battait encore au souvenir des promesses qu'elle avait faites ce jour-là en présence de Dieu et qu'elle avait tenues jusqu'au bout ; que de fois elle était venue porter au baptême un enfant qui lui était né ! Grandes charges de famille ! et pourtant le pain ne lui avait jamais manqué. Son père, sa mère étaient morts, elle avait, dans l'église de Grâce, bénit leur cercueil ; elle avait derrière cette même église prié sur leurs tombeaux. Et de retour de ces tristes voyages, qui donc lui avait souri en rentrant dans la chaumière? Kirnoëc, les enfants...

Le cœur manqua à cette mère quand elle vit rentrer Yvonne, Yvonne portant déjà le deuil de ces joies qui faisaient encore battre le cœur affaibli de la veuve, qui croyait les avoir oubliées ; elle leva les yeux et le jour lui apparut éclairé d'un soleil aussi brillant que celui d'autrefois ; il lui sembla que les roses avaient encore le parfum des temps passés, le ruisseau lui parut aussi limpide que du temps de sa jeunesse, et le vent léger qui entra dans la chaumière en même temps qu'Yvonnette fit éclater son cœur ; elle embrassa sa fille, sortit vivement et prit sa route à travers champs, légère comme à vingt ans. Mais, arrivée à la place où elle croyait trouver encore Yves-Marie, elle rencontra le père Crochut.

Le père Crochut était un homme de 60 ans environ, gros, court, à la face rubiconde ; vieux garçon, ayant vécu seul jusqu'au moment où il avait recueilli Yves-Marie, le fils de son frère, resté orphelin dans la misère ; il l'avait trouvé de bonne mine et capable, en cultivant son bien, de rapporter plus qu'il ne coûterait ; il en fit un garçon de ferme sans gages, ne lui donnant que le pain, et lui offrant sans

cesse, en perspective, l'héritage qu'il laisserait. Du reste, esprit fort, parlant de politi-
que sur les foires et dans les marchés, se
mettant sans cesse, pour tout refaire, à la
place du gouvernement qu'il se représentait
sous les traits détestés de M. le maire de
Grâce, ou, pour se donner toute licence, à la
place de Dieu qu'il se représentait sous les
traits plus détestés encore de M. Pontesbeau ; contrôlant l'un et suspectant l'autre,
comme étant tous deux attentatoires à la
dignité de l'homme, à la raison, à l'expérience, à la sagesse personnifiées en lui, pensait-il.

Espèce d'homme rare en Bretagne, où les
coutumes du temps passé sont restées intac-
tes, reposant sur un respect profond des choses sacrées.

— Savez-vous, dit-il en abordant Marie,
que vous avez là un joli bien, et si vous
n'aviez pas une aussi lourde charge d'enfants,

Yvonne ferait encore un joli parti, car c'est une fille avenante et sage.

Le visage de la veuve s'éclaira.

Le père Crochut, qui l'observait en dessous, se crut suffisamment instruit des projets de Marie Kirnoëc par cet éclair de joie qui ne lui avait point échappé, et reprit :

— Mais pour si beau que soit un bien, encore serait-il quatre fois plus grand que le vôtre, c'est un petit héritage quand il faut en faire sept morceaux, car vous avez sept enfants, Marie, tous de bonne santé et de grand appétit. Mais on dit dans Grâce votre fille assez sage pour savoir compter, et je me suis laissé dire qu'elle avait renoncé au mariage, sachant bien qu'au jour d'aujourd'hui les gas ayant du bien prennent fille ayant de bons écus : et si par folerie de jeunesse ils voulaient faire autrement, les parents qui sont d'âge sauraient bien les empêcher. Pour moi, ajouta-t-il après un silence, si mon neveu avait si préjudiciable fantaisie que de vouloir en mariage fille n'ayant rien...

— Que feriez-vous? dit Marie qui n'y put tenir.

— Je le déshériterais, ma mie, dit le vieillard en enfonçant sur sa tête son chapeau de feutre noir.

— Yves épousera quelque belle héritière, dit Marie Kirnoëc avec un sourire amer et désolé, et possible est qu'il soit heureux.

— Alors, se dit le père Crochut en s'éloignant, Yves n'a point parlé, elles ne savent pas qu'il est parti; et retournant sur ses pas, il rappela la veuve.

— Peut-être bien, Marie, lui dit-il, avez-vous gardé souvenance que Pierre Kirnoëc m'avait, avant de mourir, emprunté cent écus...

— Ne les a-t-il donc pas payés? dit Marie dont le cœur se serra.

— Ce n'est pas pour vous mettre en peine,

dit le vieil homme, car votre bien me répond
de la dette; mais faites vos épargnes pour me
les rendre d'ici à deux mois; je suis d'âge et
veux régler mes affaires.

Marie, tout à l'heure si légère, retourna
dans sa maisonnette ayant peine à se porter.
Son bien était menacé... Yves... il n'y fallait
pas songer, la joie d'Yvonne était perdue...
il fallait cent écus pour payer la dette, où les
trouver?... En rentrant, elle s'assit sans parler près d'Yvonne qui filait, et deux grosses
larmes coulèrent sur ses joues pâlies et ridées; ses mains tremblantes pendaient à
ses côtés, et ne pouvant tenir au chagrin, elle
raconta tout à Yvonne qui la tenait embrassée,
elle lui raconta tout, les souvenirs de sa jeunesse, son espérance quand elle avait vu
Yves pleurant au bord du fossé, la rencontre
du père Crochut, et maintenant son désespoir.
Plus de bonheur pour sa fille! Le petit bien
menacé, les enfants qui sautaient et jouaient

devant la porte, leur rire et leur joie achevè-
rent de la désoler.

— Ma mère, dit Yvonne, je n'ai pas mis
mon espérance en moi-même, sans quoi je
pleurerais avec vous, mais j'ai confié à Dieu
le soin de ma vie, et je me repose en lui. Vous
avez deviné, ajouta-t-elle en pâlissant, c'est à
Yves que j'aurais confié ma tendresse, mais
s'il plaît à Dieu de me le refuser, que sa volonté soit faite, j'en fais l'abandon ; mais je
ne fais point l'abandon de votre tranquillité,
puisque Dieu la dépose en mes mains, et je la
dois garder comme un trésor. Que Dieu donc
m'assiste, je vais vendre à quelque jeunesse
l'habillement que j'ai eu à Pâques, ma mère ;
ma croix d'or, la pièce de toile qui était là
pour mon trousseau, le fil que nous avons en
réserve , et peut-être que le père Crochut
attendra pour le reste. Raffermissez votre
cœur ; pour moi, je n'ai point de tristesse, et
je ne suis point dans l'isolement, puisque

vous voilà, ma mère, et que les voilà, ajouta-t-elle en montrant ses frères qui jouaient au soleil.

— Voilà donc, dit Marie avec un faible sourire, ce que je te laisserai en héritage !

— Mettez votre cœur en repos, Marie Kirnoëc, dit une voix ferme et claire, elle n'est pas seule à accepter cet héritage ; et Yves, ôtant son grand chapeau, s'approcha de la veuve : voilà ma femme, dit-il en atti-rant Yvonne à lui, voilà mes frères et mes enfants, dit-il en montrant les frères d'Yvonne, et vous serez ma mère, Marie. Je pleurais tout à l'heure, dit-il en regardant du côté de la porte, je sentais mes bras vides, et je ne savais de quel coin de terre tirer mon pain, mainte-nant je sais qui serrer dans mes bras, et voilà la terre confiée à mes soins, elle ne refusera rien à mon courage ; votre héritage, Marie Kirnoëc c'est la joie, c'est la vie, c'est le soleil, c'est le travail, c'est le pain, et qui

sait? mes bras sont forts, c'est peut-être la
richesse! en tout cas c'est le bonheur; voilà
Yvonne que j'aime, ses mains sont trop fai-
bles pour remuer profondément cette terre si
dure et pourtant si généreuse, mais elle ne
résistera pas à la force de mes bras ni à la
joie de mon cœur. Vous me refusez le bonheur, père Crochut, j'en appelle à la terre,
à elle je confie le soin de notre richesse, le
soin de notre demeure; j'arracherai de ses
entrailles chaudes, généreuses et fécondes, le
pain de notre maison; il me semble déjà voir
le blé mûr dans ce coin : notre pain, le toit de
notre chaumière. Les fruits mûriront dans ce
jardin, le soleil est à nous, les fraises rougi-
ront à l'ombre de cette haie; nous verrons
aussi des poussins courir le long du petit
chemin, il y aura des roses pour Yvonne;
vous reposerez votre tête branlante sur la
laine de nos moutons et vous leur devrez
votre robe de futaine, Marie Kirnoëc. Le

cœur des hommes n'a failli, mais, père Crochut, la terre est plus forte que vous! Marie,
si vous voulez vous irez encore dans l'église
de Grâce porter au baptême un enfant nou-
veau-né. J'entre chez vous les mains vides et
le cœur plein, car j'aime Yvonne, et le père
Crochut ne donnera son héritage qu'à celui
qui épousera Jeanne Lecun, de Guingamp.

Yves raconta ce qui s'était passé la veille.

— Mon fils, dit Marie en se levant, allons
chez M. Pontesbeau, nous lui dirons la chose,
et ce qu'il décidera sera décidé. Pendant ce
temps Yvonne se rasseoira de son saisisse-
ment.

Yvonne les regarda s'éloignant à travers
champs, puis s'assit et parla à Dieu.

— Seigneur, dit-elle, ne permettez pas
que nous arrêtions notre cœur aux biens qu'il
vous plaira de nous accorder ; la terre est
encore moins généreuse que le ciel, et notre
patrie n'est pas en ce monde ; je ne vous vois

en aucune chose, je vous vois au delà de toutes choses ; traversant dans toutes choses
pour aller à vous, et que rien de ce qui est
périssable ne séjourne en nous ! Vous m'avez
soutenue dans la peine, soutenez-moi dans
le contentement, afin que je n'y descende pas
comme en un tombeau où j'ensevelirais mon
cœur.

M. Pontesbeau, toujours assis près de la
grande cheminée, et toujours en compagnie
de Judas, écouta le récit d'Yves et de Marie,
leurs projets, leurs espérances, leur joie,
tout.

— Maintenant, monsieur, dit Yves, il faut
que vous alliez trouver le père Crochut ;
invitez-le à ma noce, et s'il m'aime, qu'il soit
content : je suis heureux.

Si M. Pontesbeau avait écouté avec attention le récit qu'on venait de lui faire, Judas,
de son côté, n'y paraissait pas indifférent ;
de fréquents frétillements de queue et de

petits jappements courts avaient témoigné de son assentiment. Aussi se leva-t-il en même temps que le curé, l'accompagnant chez le père Crochut, où celui-ci se rendait.

Judas avait toujours éprouvé pour le père Crochut une antipathie profonde, motivée sur une ancienne trahison de celui-ci, qui lui avait un jour attaché un sabot cassé à la queue, dans le noir dessein de l'épouvanter et d'en faire la risée de tout le village. Ce procédé n'avait jamais été oublié, et Judas avait plus d'une fois montré au père Crochut des crocs qu'il ne tenait en réserve que pour lui.

Aussi quand M. Pontesbeau entra dans la cabane du vieux fermier, Judas se coucha-t-il dans un coin en grognant sourdement, tenu en respect seulement par la présence de son maître.

Le père Crochut se leva à l'aspect du prêtre qui entrait, et ôtant machinalement le bonnet de laine noire qu'il avait sur la tête :

— Monsieur, dit-il, je respecte le bon
Dieu comme pas un, mais les hommes ne me
font pas peur, et si vous venez pour me parler d'Yves, vous pouvez retourner dire la
messe. Les signes de croix qu'il fait dans
l'église ne l'ont pas garanti de l'ingratitude;
c'est un méchant cœur et un garçon de peu
d'entendement.

M. Pontesbeau s'assit, sans répondre, sur
le banc de bois qui garnissait le devant de la
porte.

— Causons, père Crochut, lui dit-il, tenez,
mettez-vous là. Voyons, que diriez-vous d'un
jeune homme qui viendrait vous inviter à sa
noce, à qui vous n'auriez pas de dot à donner,
et qui vous dirait : Venez danser avec nous,
père Crochut.

— Dame, monsieur, si vous ne venez pas
pour me parler de mon neveu, c'est autre
chose; causons... je lui dirais : Possible,
mon garçon, prends femme jeune et gentille;

si tu l'aimes, c'est tout. J'irai rire et chanter
à ta noce, car pour ce qui est de danser, l'âge
est passé depuis tantôt trente ans !

— Vous aimeriez, dit M. Pontesbeau, voir
un jeune homme, confiant dans son courage,
dans sa jeunesse et dans son travail, prendre
pour sa femme une jeune fille sage, labo-
rieuse, etc...

— Monsieur, dit le père Crochut en se
levant, le visage empourpré de colère, je vois
ce que c'est, vous ne craignez pas d'encourager mon neveu dans l'abandon qu'il fait de
moi pour une fillette sans sou ni maille, en-
vieuse de mon bien. La trahison loge plus
souvent qu'autre chose sous la soutane, c'est
à cette heure que je le vois en plein. Je n'ai
jamais eu besoin d'un cotillon dans ma maison pour y vivre à l'aise. Oui, vraiment ! je
laisserais entrer ici une étrangère qui réglerait
à sa fantaisie ce que j'ai toujours réglé à la
mienne ! Les beaux et bons écus que j'ai

amassés passeraient entre ses mains ! J'aime mieux voir dépérir mon champ que d'en mettre les dépouilles aux mains de cette étrangère. Ah ! c'est ainsi que pour le vrai Yves-Marie m'abandonne, et vous prenez la charge de venir m'en avertir ! dit le père Crochut au comble de la fureur.

En ce moment Judas jugea prudent pour son maître d'intervenir, et les crocs si long-temps aiguisés par la haine se montrèrent éclatants de blancheur ; un geste de M. Pontesbeau le renvoya à son poste d'observation.

— Père Crochut, dit le curé, c'est vous qui abandonnez Yves. De quelle affection l'avez-vous donc aimé, que vous ne puissiez aujourd'hui ni contribuer à sa joie ni même en entendre parler ? Je vous annonce qu'il épouse Yvonne Kirnoëc ; il entre dans cette pauvre maison et prend la charge de cette famille. Il ne vous demande rien et vous invite à sa noce. Si vous aviez un cœur capa-

ble de bonheur, vous seriez heureux aujour-
d'hui ; mais celui qui n'a pas connu Dieu ne
connaît pas le secret de la joie, et tout est amer
à son cœur. De quel amour insensé aimez-
vous donc le bien et l'argent ? Vous vous
enchaînez à lui, et vous voudriez y enchaîner
avec vous un cœur jeune, qui sait que la terre
doit être au service de ceux qui ont faim, et
qui ne veut d'elle que pour tirer de son sein
les richesses nécessaires à la vie.

— Je ne veux point quitter la terre qui est
à moi ! hurla le père Crochut ; je ne la donnerai jamais, je ne la partagerai jamais, et
j'aime mieux voir germer le blé sur place que
d'en voir enlever une gerbe. Je vais déshéri-
ter Yves-Marie, je donnerai mon bien au
gouvernement. Voilà, voilà !

— Vous ne voulez pas quitter la terre, dit
M. Pontesbeau en se levant, vous ne la quitte-
rez pas, père Crochut, car le jour où vous en
prendrez véritablement possession sera celui

où vous vous y coucherez pour toujours ; ce jour-là il vous en faudra six pieds carrés, le reste sera superflu.

Il se fit un long silence.

— Je suis aussi près que vous de la tombe, père Crochut, dit M. Pontesbeau, l'âge et la maladie font de nous deux vieillards. Si près de l'éternité, ne retenons pas dans nos mains avides les richesses qui sont faites pour nous échapper, c'est un dépôt qui nous est fait pour nous rendre plus facile la conquête du bien éternel ; ne perdons pas ce qui ne peut nous faillir, l'éternité, pour ce qui va s'évanouir demain ; ne tenons pas à notre linceul, car si nous y restons enveloppés, nous ne verrons pas la clarté de l'aurore qui ne finit pas, les ténèbres seront pour nous.

Le père Crochut changeait de couleur de minute en minute ; il ne parlait plus, il balbutiait en tremblant des mots sans suite.

— Robe noire, oiseau de malheur, qui

venez ici me menacer de la mort, sortez, sortez! Le geste qui accompagna ces paroles était si terrible, que M. Pontesbeau en eut le frisson et qu'il sortit à reculons sans quitter des yeux son ennemi.

Il rendit compte à Marie Kirnoëc et à Yves du triste résultat de sa démarche, rentra dans sa pauvre maison et fut très-surpris de ne plus voir Judas avec lui ; il retourna alors sur ses pas dans la crainte que le père Crochut n'eût eu quelques démêlés avec lui.

La partie n'aurait pas été égale entre ce vieillard et ce chien, et la vieille haine de Judas, dont il avait ri quelquefois, lui fit peur en ce moment-là.

En arrivant près de la chaumière, il vit le chien qui hurlait sur la porte, entrant et ressortant sans cesse. En entrant dans la chaumière, il trouva le vieillard affaissé sur un banc et respirant à peine. Judas courait de tous côtés, hurlant comme il avait l'habitude

2**

de le faire quand il rencontrait quelqu'un en danger. Si la colère du père Crochut avait été terrible, la réaction ne l'avait pas été moins, et M. Pontesbeau n'avait pas été à vingt pas de la chaumière qu'il s'était évanoui. Judas, oubliant sa haine pour ne se souvenir que de l'éducation que lui avait faite le curé, avait, à sa manière, appelé au secours.

De même que M. Pontesbeau, Yves-Marie arriva aux cris du chien. On posa le père Crochut sur un lit. Un médecin fut appelé, et tandis qu'Yves-Marie perdant la tête, lui disait :

— Père Crochut, déshéritez-moi, ne me donnez rien, je ne vous ai jamais rien demandé ; venez à ma noce !

Yvonne préparait le feu, et M. Pontesbeau priait dans un coin.

Tout à coup le père Crochut ouvrit ses yeux, et sautant en bas du lit où on l'avait placé, courut à un vieux meuble qui occupait un des coins de la chaumière, et tourna deux fois la clef dessus ; mais il se trompa, au lieu de le fermer il l'ouvrit, et les pièces d'or roulèrent de tous côtés ; il recula alors, ouvrit ses bras et poussa un grand cri.

Yves n'eut que le temps de le recevoir dans ses bras.

Le père Crochut était mort.

———

— Mère Kirnoëc, dit Yves en entrant un soir dans la maison de la veuve, voici un an que le père Crochut est mort ; c'était une redevance de respect qui était dû à son âge et à sa mort que de garder son deuil loin d'Yvonne et de vous. Aujourd'hui je viens réclamer l'héritage que vous m'avez promis : Yvonne, les enfants et vous-même ; Yvonne pour ma femme, vos enfants pour mes frères et vous pour ma mère.

Quelques jours plus tard, Yvonne, parée de l'habit de drap fin qu'elle avait eu pour le jour de Pâques, entrait dans l'église de Grâce, elle allait, au même autel où sa mère avait promis à Pierre Kirnoëc d'être une femme chrétienne, faire à Yves-Marie les mêmes promesses.

— Yvonne, dit un vieillard, épouse le plus riche garçon de la contrée. Elle n'a pourtant qu'un simple habit de drap et une coiffe de de fin linon.

Yves entendit et regarda sa fiancée; les larmes lui vinrent aux yeux.

— Yvonne, lui dit-il comme le jour où il avait vu cet habit pour la première fois, tu es la plus avenante de tout le village.

Et Yvonne lui répondit comme ce jour-là :

— Fais plutôt attention au dedans de mon cœur.

LE PREMIER REMORDS

(NOUVELLE).

——◇——

C'était le soir. La grand'mère était souffrante et on avait déserté le salon pour s'ins-
taller dans sa chambre.

C'était une petite chambre non pas toute
capitonnée, non pas garnie de bons grands
fauteuils comme l'auraient désiré pour elle les
enfants, mais meublée de ces vieux meubles
anciens qui lui avaient appartenu dans sa jeunesse, et auxquels elle tenait par mille souve-

nirs. Il y avait des chaises de paille toutes tour-
nées en fuseaux, il y en avait d'autres qui
avaient des lyres pour dossier, d'autres qui
avaient des pieds torses. Il y avait aussi un
grand fauteuil dont le dossier droit et incom-
mode dépassait la tête de plus d'un pied ; ce
fauteuil était recouvert d'une housse et on ne
s'en servait jamais. Il y avait une table ronde
couverte d'un tapis vert qui cachait ses pieds.
Il y avait une vieille grande bibliothèque qui
cachait ses livres, derrière un rideau de soie
verte. Il y avait sur la cheminée une pendule qui représentait l'hymen allumant son
flambeau.

Il y avait la grand'mère assise sur une
petite chaise à fuseau, vêtue d'une robe de
lévantine gros vert, et coiffée d'un bonnet de
forme antique tout garni de belles dentelles ;
sa taille haute et droite était noble, son visage
pâle, calme et bienveillant, ses mains blanches et fines, ridées et tremblantes ; elle avait

quatre-vingts ans passés, et elle était entourée de ses enfants et de ses petits-enfants.

Le plus fou de la bande s'écria tout à coup·

— Grand'mère, racontez-nous une histoire, allons vite, une histoire, une histoire terrible.

Et il sauta près d'elle, et il l'embrassa, et il rit, et il chanta en courant dans la chambre; puis il s'abattit, léger comme un oiseau, sur le tabouret que la grand'mère avait à ses pieds, et il la regarda avec des yeux qui disaient :

— Comment! vous n'avez pas encore commencé !

Les autres enfants étaient assis autour de la table qu'éclairait une vieille lampe à abat-jour, et ils travaillaient en causant.

— Jean a raison, dirent-ils tous ensemble, il nous faut raconter une histoire, une histoire terrible !

— D'abord, dit Jean, une grand'mère, çà

doit être farci d'histoires ; de tous temps les grand'mères ont su des histoires à n'en plus finir pour leurs petits-enfants.

Hé bien ! dit la grand'mère, je vais vous raconter une histoire terrible.

Jean s'installa sur le tabouret.

Chacun prépara son ouvrage de manière à ne plus se déranger.

On rapprocha les chaises.

On ranima le feu.

Et quand tout ce petit tumulte fut apaisé, la grand'mère commença :

Dans le département de la Creuse, dit-elle, on rencontre entre Guéret et Lachâtre un petit village qui se nomme Gléni. En partant de Guéret on y arrive par une belle route plantée de beaux arbres. La Creuse le tra- verse et court en bouillonnant sur quelques pointes de rochers. Le presbytère domine le village et même la vallée. Il est comme un nid d'aigle perché sur la pointe d'un rocher.

On n'y parvient qu'en prenant un petit chemin qui serpente en longs détours sur le
flanc de la montagne. C'est dans ce village
que vivaient il y a quatre-vingts ans Marie et
Joseph Fontaine, deux jeunes époux, laboureurs, propriétaires d'un petit champ et d'une
maisonnette qu'ils tenaient de l'héritage de
leur mère, morte depuis quelques mois.

Joseph était grand, droit, bien fait ; son
visage maigre et brun était fort et ses traits
étaient vigoureusement accusés. Il avait, chose
rare parmi les hommes de la campagne, un
nez aquilin de la plus belle forme ; la bouche
expressive et le geste rare ; sa voix était pleine
et sonore ; l'ensemble de sa personne avait un
grand air d'autorité, de majesté et de douceur.

Marie était blonde, grande, presque aussi
grande que Joseph ; mais sa taille avait une
si parfaite harmonie d'ampleur et de propor-
tion, qu'elle ne paraissait ni grande ni petite ;
ses bras, plus blancs que le marbre, malgré

le grand air, sortaient des manches de drap
noir de son *Justin*, et laissaient voir au coude
deux petites fossettes. Elle avait les yeux
bleus, du bleu foncé des violettes sauvages,
et remplis d'une douceur digne et contenue.
Sa démarche était noble et un peu lente.

Marie aurait admirablement porté la robe
à queue et le manteau de cour.

Mais Marie n'était qu'une paysanne de
Gléni, la femme de Joseph Fontaine.

Quand elle se rendait à la messe au bras
de Joseph, et tenant sur ses mains croisées
son gros Paroissien de marocain rouge, vous
eussiez dit une belle châtelaine du moyen
âge au bras de son noble époux et portant le
lourd Missel légué par ses aïeux.

— Vous l'avez donc connue ? dit Jean.

— Toi, tu interromps toujours, s'écrièrent
tous les autres enfants.

— Les paysans du Berry sont ordinaire-
ment petits, trapus et lourds, continua la

grand'mère, aussi Joseph et Marie étaient-ils remarqués et leur beauté était célèbre dans toute la contrée.

Leur petite maison, située à l'entrée du village, avait près de la porte une petite fontaine garnie l'été de plantes grimpantes que semait Marie : clématites, haricots rouges et capucines. Leur petite maison s'appelait *les Espoirs*.

— Un joli nom cela, s'écria Jean.

— C'était un nom que lui avait donné le père de Joseph, Nicolas Fontaine, à l'époque où son fils avait dû épouser Marie. Mais, depuis le mariage de Joseph, les paysans de Gléni avaient fait une espèce de calembourg et ne nommaient plus la petite maison que la maison de la *Belle-Fontaine*.

Un jour du mois de mai, la maison de la Belle-Fontaine se trouva remplie de cris et d'agitation. Toutes les femmes du voisinage encombraient la chambre de Marie, allant,

venant, courant, parlant avec des chuchotte-
ments et des éclats de voix. Joseph arriva
des champs au milieu de ce tumulte, pénétra
dans la chambre de Marie, et d'un geste,
d'un seul mot, congédia toutes ces parleuses,
et ne retint près de sa femme qu'une vieille
femme du village renommée pour sa sagesse
et son expérience; puis, montant à cheval,
il partit au galop pour Guéret. Il ne tarda
pas à revenir accompagné d'un médecin, et
rentra avec lui dans sa maison dont il ferma
la porte.

Ce ne fut que vers deux ou trois heures du
matin que le médecin sortit. Quelques commères intrépides l'attendaient; elles se préci-
tèrent vers lui.

— Tout va bien, dit le docteur, et enfour-
chant son cheval qui attendait à la porte, il
disparut au galop.

Les commères n'eurent pas le temps de
lui en demander davantage, et elles se reti-

rèrent en murmurant contre les beaux Messieurs de la ville qui craignent toujours d'en
dire trop au pauvre monde, comme si, s'écria
l'une d'elles, on pouvait ignorer longtemps
si Marie Fontaine était accouchée d'une fille
ou d'un garçon.

Ce ne fut pas longtemps un mystère, en
effet ; car, dès le lendemain, Joseph alla dé-
clarer la naissance de sa fille chez M. le maire
de la commune, et dans la même journée il
se rendit à l'église avec le parrain et la marraine qu'on avait été quérir en grande hâte à
Guéret même, où Joseph avait des parents.

L'enfant reçut le nom de Marie-Nicole.

— Tiens, comme vous, s'écria Jean !

Tant que sa fille ne sut pas marcher, on
vit Joseph, le soir, au retour de son travail,
la prendre sur ses bras et se promener gravement avec l'enfant, tandis que Marie préparait le souper du soir ; puis, quand elle fut
plus grande, il la prit par la main.

Joseph avait l'habitude de dire :

— Savez-vous, Marie, que notre fille sera sage et belle. La chose n'est pas malaisée à connaître à l'assurance de ses yeux et à l'honnêteté qui se voit déjà dans sa démarche. Elle n'a que six ans et déjà elle arrête le branle de ses jeux dès qu'elle entre à l'église à vos côtés.

— C'est la pure vérité, répondait Marie ; notre petite Nicole est *rassise* (1) dans sa jeunesse, et j'espère avoir d'elle contentement par la suite des temps.

Joseph et Marie faisaient ensemble l'éducation de Nicole.

Marie avait l'habitude de dire à l'enfant :

— Petiote, vous avez trois maîtres en ce monde que vous devez honorer et servir : Dieu, votre père et le souverain ; pour ce qui est de Dieu, M. le curé vous dira quelle gloire

(1) Raisonnable.

vous devez lui rendre en vous-même, pour
avoir logé en vous une âme immortelle capable de le connaître ; à votre père vous devez
le simple respect et l'obéissance. Pour quant
au souverain, c'est plus tard que vous saurez
ce que vous lui devez si, quand vous serez
femme, le ciel vous accorde des fils.

Si Nicole demandait son goûter, Joseph,
en lui donnant du pain noir et deux noix, ne
manquait jamais de dire :

— Rendez grâce et mangez.

— Vous dites cela aussi, vous, grand'mère,
s'écria Jean !

Des réclamations s'élevèrent de toutes parts
contre l'interrupteur.

La grand'mère sourit, laissa s'appaiser le
tumulte, puis elle reprit :

— A cette époque, Nicole avait sept ans ;
il y eut à Guéret une grande foire. Joseph et
Marie partirent dans une petite charette,
emmenant avec eux Nicole qui fut éblouie de

tout ce qu'elle y vit de poupées et de jouets ;
mais ce qui attira surtout l'attention de l'enfant, ce fut une bague de plomb à gros chaton
sur lequel une croix rouge était peinte, une
bague d'un sou.

Elle pria et supplia pour avoir ce bijou.
Mais Joseph fut inflexible ; il avait donné une
poupée, il donna encore un berceau où la
poupée devait dormir à l'aise, mais il refusa
la bague.

A partir de ce jour, l'enfant changea de
caractère ; et si elle jouait comme par le
passé, il lui arrivait souvent de s'arrêter tout
à coup au milieu de ses rires et de rester
immobile des heures entières.

Un jour Marie dit à Joseph :

— Savez-vous, Joseph, que voici le temps
qui approche où notre petite Nicole fera sa
première communion. C'est une grande chose,
savez-vous ? de penser que le Dieu vivant fera
honneur à cette enfant encore si petite, et que

son âme immortelle est déjà capable de recevoir Dieu. J'ai en moi-même un branle de
bonheur secret, quand je la tiens dans mes
bras, de penser qu'une mauvaise pensée n'a
pas traversé son esprit et que ses fautes n'ont
été que faiblesse de jeune âge, et non perversité et perte d'honneur.

— Je lui donnerai avec joie ma bénédiction, dit Joseph. Ce moment est d'aussi
grande importance pour les père et mère,
entendez-vous, Marie, que pour les enfants.
Car ce n'est pas le cœur troublé et obscurci
de mauvais souvenirs qu'un père peut lever
sa main sur un enfant innocent pour le
bénir.

—C'est vrai, Joseph, reprit Marie, et si
vous dites cela, vous qui leverez la main sur
elle pour lui donner votre bénédiction,
encore dois-je le dire plus que vous, moi qui
la prendrai dans mes bras et qui ne pourrai
la bénir sans la serrer sur mon cœur. Savez-

vous, Joseph, je ne saurais accomplir cette action sans avoir reçu de vous le pardon de tout ce que je puis avoir fait dans ma vie, à l'encontre de votre mécontement. Apprêtez-vous donc à me pardonner, ajouta-t-elle en regardant Joseph avec un sourire radieux.

Joseph leva les yeux sur elle et leurs regards se rencontrèrent. Leurs yeux se remplirent de larmes, et ils éclatèrent de rire.

Quel rire et quelle joie, mes enfants, que celle de Marie et de Joseph ! Rire à l'idée du pardon ! Le sentir à la fois absurde et nécessaire. Le donner sans savoir ce qu'il faut pardonner, et le recevoir en ne cherchant sa raison que dans de confuses pensées !

Après ce premier moment de rire et d'attendrissement, Joseph se leva gravement et dit :

— Marie, je vous pardonne du plus grand de mon cœur. Ma bouche ne saurait proférer un reproche contre vous, mais Dieu sait que nous sommes fautifs et que le pardon n'arrive jamais mal à propos sur nous.

— C'est bien vrai cela ! dit Jean.

Ceci s'était dit devant Nicole, dont les joues s'étaient empourprées et qui regarda son père et sa mère avec des yeux étincelants qu'ils ne lui avaient jamais vus.

— Cette enfant est toute enfiévrée, dit Marie. La voilà qui va communier d'ici à quelques jours et le soin qu'elle prend de la pureté de son âme trouble jusqu'à son dormir.

A ce mot, Nicole pâlit, s'enfuit dans un coin de la grange et là, seule, fondit en larmes.

— Mais, bonne maman, dit enfin Jean, qui n'y put tenir plus longtemps, ceci n'est pas une histoire terrible.

— Attends la fin, mon fils, dit la grand'-mère, tu verras que c'est une histoire terrible.

— Mes enfants, dit la grand'mère qui reprit son récit d'une voix plus émue, plus le jour de la première communion approchait, plus Nicole était pale, défaite et concentrée.

Le grand jour arriva enfin (ici la voix de la grand'mère devint tremblante) et Nicole fut vêtue de blanc par sa mère, et tous deux avaient aussi revêtu les beaux habits des grandes fêtes. Le moment de partir pour l'Eglise arriva.

— Pourquoi vous arrêtez-vous, grand'-mère? dit Jean.

— C'est que voici le moment terrible de mon histoire, mon fils.

Nicole s'approcha de son père, et il lui dit :

— Viens, ma fille, que je te bénisse. L'enfant approcha, s'agenouilla, et Joseph debout étendit sur elle ses deux mains, en disant :

Au nom du Père, et du Fils, et du Saint-Esprit!

Mais il ne put aller plus loin. Nicole se

releva et, écartant ses mains, elle s'écria :

— Mon père, ne me donnez pas votre bénédiction, vous me feriez mourir, je n'en suis
pas digne, je ne suis pas l'enfant que vous
croyez...

Tous les enfants levèrent la tête et arrêtèrent leurs regards sur leur grand'mère,
qui s'était encore arrêtée. Son visage pâle
s'était coloré, ses yeux étaient brillants, et
Jean lui dit :

— Grand'mère, vous voilà aussi rose que
ma sœur Marie, qui n'a que dix-huit ans,
cela vous rajeunit de raconter des histoires !
Mais, dites-nous donc la fin !

— La fin, mon fils, la voici :

Joseph s'assit en silence, et, regardant sa
fille, il lui dit enfin : racontez-moi tout.

— Voici, mes enfants, ce qui s'était passé,
et ce que Nicole raconta à son père.

A cette foire de Guéret, où Joseph et Marie
avaient conduit Nicole, Nicole avait désiré

3*

une bague de plomb, et elle lui avait été
refusée par son père. Alors elle conçut
l'idée de s'en emparer; et, tandis que son
père et sa mère achetaient le petit berceau
pour sa poupée, elle fit tomber une bague
par terre, et elle la poussa du bout du pied
jusqu'à une certaine distance, et, loin des
regards du marchand, elle la ramassa. Mais
elle n'était pas loin des regards de Dieu,
mon fils, car depuis ce moment elle n'eut plus
de repos, et lorsqu'elle sentit sur elle la main
étendue de son père, elle ne put porter plus
longtemps son secret et son malheur, elle ne
put sentir tomber sur elle cette parole de bénédiction, elle ne put envisager la figure
calme de son père, elle eut des éblouisse-
ments, il lui sembla qu'elle voyait tournoyer
son âme dans un abîme. Elle raconta tout!
et après avoir reçu le pardon de Dieu, elle
reçut sans effroi cette bénédiction qui avait
failli tomber sur elle *trop tôt*.

— Mes enfants, dit la grand'mère, qui se leva et tira de son doigt une grosse bague d'or, regardez. Elle l'ouvrit par un petit ressort et découvrit, aux yeux de ses petits-enfants, une bague de plomb avec une croix rouge dessus.

Tous la regardèrent étonnés.

C'est le plus terrible souvenir de ma vie, dit-elle, en se rasseyant.

— Et vous avez gardé la bague de plomb, dit Jean, vous l'avez toujours gardée?

Nous ne devrions jamais garder que le souvenir de nos torts et les enchasser dans l'or, comme j'ai fait de cette bague, mon enfant !

— Ah ! grand'mère, dit Jean qui lui sauta au cou en l'embrassant, donnez-la-moi.

— Pas encore, mon fils, dit-elle, je te la laisserai en héritage.

LES

FIANCÉS DE VILLAGE

—∘∘⦂∘⦂∘∘—

Il y avait trois vaches dans un pré, et pour garder ces vaches il y avait une jeune fille : elle se nommait Anne.

Le pré était en pente, et descendait jusqu'au bord d'un ruisseau ; au-delà du ruisseau, il y avait un petit bois, et après le petit bois le village dont il était facile de distinguer le clocher, par-dessus les branches des arbres.

Il y avait dans le pré trois saules, et au pied de ces saules Anne filait. Elle avait vingt-cinq ans et elle était brune avec des yeux bleus, elle était grande, leste et vive ; mais ses yeux étaient rêveurs et ses gestes avaient une grâce particulière, son sourire radieux était tempéré par je ne sais quelle ombre de tristesse.

Il y avait cinq ans que son père et sa mère étaient morts, la laissant seule gardienne, seule protectrice de cinq enfants tout petits, qui restaient orphelins avec elle.

Quand les funérailles furent faites, elle les rassembla devant elle, elle les serra tous cinq dans ses bras étendus, et elle leur dit :

— Trésors, venez maintenant que je vous caresse, c'est moi qui suis votre maman ; soyez bien sages !

Puis ayant caché sa tête dans le coin de son tablier, elle resta ainsi longtemps immo-

bile; mais, ayant entendu sonner la vieille
horloge de bois, elle essuya son visage, lissa
ses cheveux et mit de l'ordre dans la chaumière. Alors Florentin entra; il avait l'habitude de rire et de jouer avec Anne, il était
son ami d'enfance et son voisin.

Ce jour-là, il fut tout interdit en la voyant
et se troubla pour lui offrir ses services;
il rougit, il pâlit, il pleura, mais elle lui
dit :

— Maintenant, Florentin, me voilà veuve,
pour ainsi parler, et mère de cinq enfants;
à l'heure présente, il ne faut point de défaillance de cœur.

Et, ayant souri aux cinq enfants, elle leur
donna la soupe, puis elle les caressa, leur
conta des histoires, de belles histoires, celle
du meunier Fargeau qui, ayant laissé son
âne dans un pré, y trouva au retour un petit
enfant qui dormait; il chercha son âne, il
ne le trouva pas, il garda l'enfant et oublia

l'âne, mais tout ce que l'enfant touchait avait bonne réussite, si bien que l'on l'emmenait encore tout petit dans les champs quand on faisait la couvraine (1), et le meunier Fargeau avait du blé comme pas un ; si l'enfant caressait les poules, les poussins étaient nombreux : pas un œuf ne restait clair, et jamais il ne s'était vu de si beaux coqs, ni de si belles pondeuses que chez le meunier Fargeau...

L'histoire s'arrêtait ici, faute d'auditeurs, lesquels dormaient comme l'enfant qu'avait trouvé le meunier. Si bien qu'Anne oubliait la fin de l'histoire, bien qu'elle la recommençat chaque soir avec l'intention de la finir, mais toujours à cet endroit du récit les cinq enfants étaient endormis.

Le malheur, qui avait frappé Anne cinq ans plutôt, avait ému tout le village. Si jeune, si belle, orpheline, et une si nombreuse

(1) Semailles.

famille avec elle! Quel garçon voudrait épouser Anne, mère de cinq enfants !

Anne n'avait point songé à tout cela et
l'avait fait voir en disant à Florentin : Maintenant me voilà veuve, pour ainsi parler !

Jusque-là on l'avait trouvée jolie, charmante et avenante, et on la faisait danser.
A partir de ce jour, on la trouva sérieuse,
respectable et belle, et on la traita en grand'-
mère.

Aux fêtes du village où elle conduisait *ses*
enfants, on lui donnait pour eux du sucre
d'orge, des pipes en sucre et des petits mou-
lins, mais on ne l'emmenait plus à la danse.

Anne trouvait cela bien.

Les jeunes gens étaient redevenus pour
elle des amis, et comme elle était sage et
bonne, ils prenaient d'elle des conseils pour
la conduite de leur vie, Florentin plus que
les autres, car Florentin voulait se marier
et il aurait voulu charger Anne de lui trouver

une femme jeune, raisonnable, aimante, et dévouée, fut-elle pauvre, pauvre comme l'avait été Job.

Anne avait déjà deux ou trois fois au moins trouvé des jeunes filles sages et bonnes, bien connues de Florentin, qui les aimait depuis son enfance ; mais celle-ci était taciturne et cette autre trop folàtre, celle-ci trop grande, et cette autre trop petite : chacune péchait par quelque endroit.

— Ce qu'il me faudrait, disait naïvement Florentin, ce serait, Anne, une femme juste de votre taille, aussi sage et aussi douce, bonne ménagère comme vous, affectueuse comme vous êtes, et aussi gaie que vous voilà, ni plus ni moins ; je voudrais qu'elle sût, comme vous, tenir une maison, raccommoder et filer, et qu'elle connût comme vous les soins de la terre et je voudrais la voir comme vous le dimanche aux offices toute recueillie et toute joyeuse.

— C'est peut-être Rosine, la fille de Jean le tisseur, disait Anne.

— Elle est trop légère, disait Florentin, et le dimanche ne pense qu'à la danse, et je la voudrais sage comme vous.

— C'est peut-être Marie, la fille de Goberchon ; celle-là est rassise dans son jugement.

— Oui, mais elle est dure de caractère, et je la voudrais douce comme vous.

— Alors, c'est Élise, la fille de défunt Fargeau ; celle-là est bonne et douce comme une brebis.

— Oui, mais elle ne connait rien au ménage, et je la voudrais entendue comme vous êtes.

— Alors, c'est Julie, la fille de Lacostendel ; elle est bonne et douce, sage et entendue.

— Oui, mais elle ne se connaît point aux soins de la terre, et je voudrais qu'elle connût aussi bien la chose que vous-même.

Cet entretien revenait bien souvent entre Florentin et Anne, et Florentin était bien malheureux, ne trouvant aucune femme assez parfaite.

Le jour où Anne dans le pré filait en gardant les trois vaches, Florentin, plus à plaindre que jamais, était venu lui demander ses conseils ; il avait depuis peu perdu ses parents.

— Que voulez-vous que je devienne ? Seul, comme me voilà, je suis triste à la mort. Le soir, quand je reviens des champs, et que je trouve ma maison vide, le cœur me gonfle, lui disait-il.

—Mon cher Florentin, disait Anne, c'est un sort bien dur que d'avoir à subir la mort : mais c'est une chose qu'il faut considérer avec une certitude de joie par delà. Je n'ai jamais pu bercer *mes enfants*, ajoutait-elle, sans penser que je reverrai mes parents dans le ciel, et je parle à mes parents quasiment

chaque soir pour leur dire de prier pour moi,
s'ils sont près de Dieu ; et sans prier aussi
pour eux dans le cas où il seraient encore
dans la soif du paradis.

— Oui, disait Florentin, mais vous, Anne,
vous n'avez pas eu tant de peine que moi, et
quand vos parents ont été partis, votre maison n'est pas restée vide, toute vide, les cinq
enfants vous sont restés ! il faudra bien que
je me marie, ajoutait-il avec un soupir.

— Sans doute disait Anne, et tenez,
la fille du vieux Tunet ferait bien votre
affaire.

— Non, non, disait Florentin. Je vous dis,
Anne, que ce qu'il me faudrait, ce serait une
femme comme vous, juste de votre taille,
aussi sage et aussi douce, bonne ménagère,
affectueuse comme vous êtes et aussi gaie
que vous voilà, ni plus ni moins, et la chose
est malaisée à trouver, je vous assure, ajoutait-il avec un soupir.

Le village tout entier avait fait comme Florentin, Anne toute la première ; et il ne serait venu à l'esprit de personne qu'elle ne fût pas une femme de soixante ans, mère de cinq enfants et veuve inconsolable.

Le dimanche, on la voyait à l'Eglise avec les cinq enfants, qui déjà étaient grands ; ils étaient frais et roses, proprement vêtus de cotonnade, et ils savaient si bien faire le signe de la croix, ils étaient si recueillis, si sages ! L'aîné répondait si bien au caté-chisme ! il allait faire sa première communion, et il était si raisonnable !

Anne entretenait si bien son petit héritage, elle était si gaie, si franche, et en même temps si discrète ! qu'il serait impossible de savoir si c'était toutes ces choses réunies ou seulement sa piété et ses sages conseils qui l'avaient mise en si grande vénération qu'on ne savait plus son âge.

Cependant la maison de Florentin ne pouvait aller longtemps de la sorte. Pas de femme au logis, le linge n'était plus en ordre, l'armoire n'était plus luisante et le lit était à peine remué. Un odeur fade vous suffoquait en ouvrant la porte, et Florentin, qui était si difficile, commençait à penser que peut-être les jeunes filles se moquaient de lui. Le désordre et la malpropreté de sa maison l'avilissait et le faisait douter de lui-même.

— Que n'êtes-vous ma mère? disait-il à son amie Anne, j'aurais là cinq petits frères et sœurs, tout frais, tout roses, tout mignons. Quel cœur à l'ouvrage cela me donnerait! et j'aurais bientôt fait, encore, de gagner une petite dot pour Marie!

Quelquefois Florentin jouait avec *les enfants* d'Anne, le dimanche aux boules ou à la clognette et il disait :

— Quelquefois je me mets dans l'esprit que ces petits sont à moi, et pour un moment j'ai le cœur tout *rapuré* (1). Quel malheur, ajoutait-il, qu'Anne ne soit pas ma mère, quels jolis frères et sœurs j'aurais là !

Un jour Florentin arriva plus désolé que de coutume :

— Voyons, Anne, dit-il à son amie, il faut en finir : dans mon héritage tout va à la dérive ; j'ai des domestiques, Jean-Pierre et Louis, mais là où il n'y a que des hommes, seraient-ils cent, ils sont cent tout seuls ; arrive une femme, j'entends une bonne femme, ils sont alors ensemble. J'oublie mon *Pater*, j'ai perdu mon chapelet, ça va mal, il faut en finir, causons ; et Florentin, ayant pris sur ses genoux les deux plus jeunes frères de son amie, attira à lui les trois autres, et ayant regardé Anne :

— Voyons, Anne, cette fois-ci c'est pour du bon, lui dit-il.

(1) Réjoui.

— Eh bien! pour du bon, dit Anne, je crois que c'est Marie, la fille à Forestier le charron, qu'il faut prendre; elle n'est point laide, elle a un petit bien, elle sait aussi bien que moi que vous êtes un garçon sage, et doux, et travailleur, et rangé, et de grande franchise, et de bon raisonnement, et point laid, Florentin, je vous parle comme à mon frère : elle est douce, sage et de bonne religion, parlez lui.

— J'y ai essayé, Anne, mais je me suis senti tout triste avec un froid dans le dos, et je n'ai pu trouver un mot, et je pensais qu'elle n'était point de bon conseil comme vous !

— Les messieurs de la ville disent que c'est comme cela que c'est quand on aime beaucoup, qu'on ne trouve plus rien à dire au monde.

— Et vous, Anne, pensez-vous comme les messieurs de la ville ? dit Florentin en branlant la tête d'un air de doute.

3**

— Je ne saurais vous dire, dit Anne, n'ayant jamais beaucoup aimé persoune que mon père, ma mère, mes frères et vous, Florentin ; mais il me semble que c'est quasiment tout le contraire. A mon jugement, quand on aime les gens, on a facilement pour eux de bonnes paroles, on se sent tout réchauffé de leur présence, on dort tranquille les sachant là, on ne se plaît pas à les mettre dans le découragement, bien au contraire ! Après, seraient-ils laids à faire peur, pourvu qu'ils aient l'âme au bon endroit et les yeux bons, c'est la première chose ; car enfin, ajouta-t-elle, il me semble que l'amitié de ce monde n'est pas faite pour s'arrêter à si peu, et qu'on doit la vouloir emporter jusqu'en paradis. A cette fin, il faut qu'elle soit pure et douce, et quasiment comme un feu qui brûlerait tout ce qui n'est pas de couleur à plaire aux anges, en la sainte compagnie desquels nous serons bien sûr un jour !

Florentin et Anne restèrent silencieux.

Tout à coup Florentin poussa un cri, un rire si formidable que les deux enfants tombèrent de ses genoux et que les trois autres s'enfuirent épouvantés, se cachant sous la courte-pointe, et tous les cinq criaient horriblement. Anne, stupéfaite, tâchait de les calmer par toutes sortes de promesses et regardait Florentin dont le rire ne s'arrêtait pas.

— Vous aurez des tartines, disait-elle aux enfants ; vous mettrez votre robe neuve et vous aurez un cheval de bois.

Mais le rire de Florentin était si terrible qu'ils croyaient à une tempête, au tonnerre et aux éclairs, et ne cessaient de crier en se cachant dans le rideau et sous le tablier de leur *mère*.

Tout à coup le rire de Florentin s'arrêta, des larmes lui vinrent aux yeux et il se remit dans la cheminée.

— Vous souvenez-vous, Anne, lui dit-il, en pâlissant un peu, de ce que je vous disais toujours : Il me faudrait une femme comme vous, juste de votre taille, aussi sage et aussi douce, bonne ménagère, affectueuse comme vous êtes, et aussi gaie que vous voilà, ni plus ni moins, et je disais : la chose est mal-aisée à trouver, vous souvenez-vous ?

— Oui, dit Anne.

— C'est quand je désespérais de rencontrer une femme aussi parfaite que je venais vous trouver, vous le savez bien ?

— Oui, dit Anne.

— C'est donc qu'en vous regardant je ne vous voyais pas ?

— Savez-vous, ajouta-t-il, que je me sens près de vous, juste comme vous dites qu'il faut être quand on a bonne amitié, et si la femme que je cherche, c'était vous, Anne, dites un peu, que diriez-vous ?

Anne baissa la tête un moment, puis, ayant

d'un geste rassemblé les enfants devant elle,
elle leur dit en levant le doigt :

— Voulez-vous de Florentin pour votre
papa?

Ils se regardèrent étonnés et coururent se
jeter dans les jambes du jeune homme en lui
disant ;

— Tu nous donneras un cheval de bois
et tu ne feras plus pleurer petite mère.

Car Anne pleurait sans savoir pourquoi en
souriant à Florentin.

A deux jours de là, Anne et Florentin, tous
deux en habits du dimanche, sortaient du
village. Les enfants avaient été pour deux
jours confiés aux voisines. Anne et Florentin
allaient ensemble, se tenant par la main, faire
leurs invitations de noce, le long des chemins, le long des prés, sous les saules au
bord de l'eau ; ils causaient de leur vie future.

Quoi de changé? ils s'aimaient depuis
longtemps. Les enfants, qui n'avaient eu

3***

qu'une mère, auraient maintenant un père qui les aimerait ; les champs étaient voisins et ne formeraient plus ensemble qu'un seul héritage, on ferait dans la haie une *trouée* pour mettre en communication les deux jardins.

— Nous nous aimerons, disait Florentin, d'une amitié pure et douce qui sera censément comme un feu qui brûlera tout ce qui, dans notre vie, ne serait pas de couleur à plaire aux anges.

Anne, alors, hochait la tête ; car, pour parler, il n'aurait pas fallu que la voix fut tremblante.

Puis Florentin riait de ce rire formidable qu'il avait eu en s'apercevant que ce qu'il cherchait avec tant de peine était là sous sa main ; une femme douce et gaie, et travailleuse, et sage, comme il avait ri en s'apercevant qu'Anne n'était pas une grand'mère de cent ans, et qu'elle n'était pas une veuve inconsolable, mais une jeune fille entendue et avenante. Certes, il y avait bien eu là de quoi rire.

Aussi, quand le jour de la noce arriva, les jeunes filles qui connaissaient Anne et qui savaient ce qu'elle leur avait donné de bons conseils et d'encouragements, lui firent-elles une fête.

Anne fut bien étonnée, le matin en se levant, de trouver devant sa porte des fleurs et des jouets pour ses enfants, et ses amies qui l'attendaient, cachant chacune dans leur tablier le présent qu'elles apportaient.

Marie apportait un doux Jésus en cire tout rose et tout frisé avec des yeux effarés.

Jeanne, une paire de draps, et Louison deux belles pondeuses, l'une grise et l'autre blanche, et chacune des autres, un ustensile de ménage tout reluisant, tout flambant, neuf.

Les vieux hommes du village apportaient une quenouille, toute enfanfreluchée de rubans, et firent à Anne un beau discours, disant qu'une femme devait être travailleuse, et fileuse, et bonne ménagère.

Les vieilles femmes du village apportaient vingt livres de chanvre le plus doux, le plus fin. Les jeunes gens un beau rosier, et M. le curé un bréviaire, avec messe et vêpres et antiennes.

Anne était bien contente, mais Florentin riait et pleurait tout à la fois, en sortant de l'église.

— Oui, monsieur le curé, disait-il, c'est bien vrai, voilà des amis et une femme, une vraie femme et des enfants, et tout, c'est plus fort que moi j'en suis devenu bête, quand je pense, disait-il, en se frappant le front que c'est entré comme cela tout d'un coup dans ma tête, qu'Anne n'avait que vingt-cinq ans !

— C'est vrai, dit un jeune homme, on aurait dit censément que c'était la mère de toute la jeunesse de notre endroit.

Anne fut heureuse, car jamais il n'y eut entre elle et Florentin « rien qui fût de cou- « leur à déplaire aux anges. »

LE TEMPS PERDU

(NOUVELLE).

———◆◇◆———

Les paysans ont un sens très-profond et
très-juste des choses, et c'est une bien grande
erreur de les croire dépourvus du sentiment
du beau. Pourquoi seraient-ils déshérités ?
Ils possèdent la terre, ils sont cultivateurs,
ils sont pasteurs, ils sont les fils d'Abel, ils
sont doux et humbles de cœur, ils sont sim-
ples en esprit. Pourquoi donc seraient-ils
déshérités, et pourquoi le sentiment du beau,

qui est le grand bonheur de ce monde, qui est un don de Dieu, ne serait-il accordé qu'aux habitants des villes?

Le sentiment du beau est dans nos villes par la miséricorde de Dieu.

Le sentiment du beau et ses splendeurs cachées est dans nos campagnes par la justice du Seigneur.

Mais le paysan est silencieux, peu de mots forment sa langue. C'est pourquoi l'expression de ses sentiments et de ses pensées est toujours laconique et quelquefois ne se traduit que par un mot et par un regard.

Le paysan a besoin d'être deviné et son âme doit être cherchée sous l'écorce épaisse qui la recouvre.

Il ressemble à la noix de coco que le voyageur altéré rencontre au milieu du désert, et qui, sous son écorce ligneuse et sous sa coque dure, renferme l'amande et le lait.

Le paysan a le sentiment profond des choses, il a le sentiment des raisons cachées, il n'en a pas l'intelligence.

Il est très-curieux d'observer quelle relation profonde il y a dans les choses qu'il présente comme ayant des rapports et qui au premier moment semblent complétement étrangères entre elles.

Demandez à un paysan pourquoi il ne travaille pas le dimanche, il vous répondra :

— Ce n'est pas beau.

Le paysan, fût-il malade, fait toilette le dimanche, et s'il soulève son chapeau en passant près d'un cimetière il vous dira que c'est par révérence pour les saints.

Un paysan entre dans l'église de son village, et là, devant une statue informe de la Vierge, il reste en contemplation, les yeux levés sur elle, il regarde. Cette vierge en plâtre a peut-être le nez camus et des lèvres de négresse. Cet homme est ravi, mais ne

4

vous y trompez pas, ce n'est pas la vierge de plâtre qu'il a vue, c'est le type éternellement, ineffablement beau de Marie qui a rayonné en lui-même, le miroir sans tache est apparu à son âme, il a contemplé la beauté; son sentiment ne le trompera pas, mais son intelligence le trahit. Demandez-lui ce qu'il admirait, il vous montrera la statue, il vous dira qu'elle est belle, il vous dira :

« On irait plus loin que Paris, savez-vous, monsieur, avant que de trouver une sainte Vierge comme celle-là ! »

Quelle touchante et naïve parole ! il ne sait pas qu'il faudrait aller jusqu'au ciel pour voir la Vierge qu'il a admirée.

Oh ! fils de Caïn qui admirez la beauté plastique et qui savez quand une vierge est belle, vous ne pouvez pas comme le fils d'Abel être éblouis devant une statue informe de Marie !

Pour connaitre le paysan il faut le voir longtemps, l'écouter, et, comme je l'ai déjà dit, le deviner. Sa vie sobre à tous les points de vue est remplie, jamais le paysan ne s'ennuie, mais aussi dès qu'il perd le sentiment indéfinissable qu'il a du juste et du beau, il perd tout et tombe au-dessous de l'ouvrier le plus perverti de nos villes.

Il n'est pas, comme lui, préservé des dernières chutes par l'intelligence; il tombe au niveau de la brute et même au-dessous, car rien n'égale la perversité de la race humaine dès qu'elle est livrée à elle-même, dès que Dieu n'y est plus.

Écly est un petit village du département des Ardennes, situé à quelques lieues de Rethel-Mazarin.

C'est à une lieue de ce village que vivaient, il y a trente à quarante ans, deux fermiers. L'un se nommait Brifoteau et sa famille se composait de huit personnes, le père, la mère, trois filles et trois garçons.

L'autre se nommait Sureau et sa famille se composait de quatre enfants, deux filles et deux garçons, en tout six personnes.

Les deux fermes, distantes l'une de l'autre d'environ un kilomètre, avaient à peu près la même étendue, la même *tenure*, ainsi que disent les paysans du pays.

L'éloignement où ces deux fermes se trouvaient du village et la proximité où elles se trouvaient l'une de l'autre, établissaient entre les deux fermiers des rapports de voisinage forcés.

Brifoteau, entreprenant, actif, remuant, parlait sans cesse de s'enrichir et y faisait pour cela tous ses efforts ; il avait perdu, dans ses fréquents rapports avec les villes voisines, Rethel et Reims, l'allure grave et lente particulière aux paysans ; il était bavard, parleur, car dès que le paysan cesse de s'exprimer par

sentences et par dictons, il devient prolixe et
diffus.

Son voisin Sureau, au contraire, était resté
un véritable type de paysan, grave, sérieux,
austère et laconique.

Au retour de ses courses à la ville, Brifoteau ne manquait jamais d'histoires à raconter,
et il était facile de deviner que toutes n'é-
taient pas fort authentiques et aucune n'était
fort édifiante.

Quant à Sureau, quand il lui arrivait de
raconter quelque chose, c'était toujours des
histoires du temps passé qu'il tenait de son
père ou même de son grand'père, mais elles
étaient parfaitement authentiques, et les témoins vivaient encore à Écly ou les enfants
des témoins, et ils auraient raconté la chose
comme lui, presque dans les mêmes termes,
avec les mots dont s'étaient servis les premiers
narrateurs.

Sureau ne manquait jamais de dire en

commençant et en levant son chapeau : « Défunt notre père, que Dieu garde, me disait... »
Il s'arrêtait aux mêmes mots, riait aux mêmes
endroits de son récit, faisait les mêmes réfle-
xions que son père avait faites, et cela depuis
soixante ans qu'il racontait la chose. Si par
hasard il changeait un mot, il se reprenait et
rétablissait les choses dans toute leur primi-
tive vérité.

Il y a dans cette manière de raconter quelque chose de patriarcal qui rappelle les premiers âges du monde.

Sureau racontait souvent ceci à ses enfants :
« Un jour, qui était le jour du dimanche des
Rameaux, défunt mon père, que Dieu garde
en son paradis, m'envoya aux champs garder
les vaches ; il y avait bel et bien du temps
que je m'étais mis dans l'idée d'avoir un sifflot, comme en vendent ceux de Rethel qui
sont marchands de toute sorte et parcourent
le pays ; mais d'argent, n'en ayant point, je

me pris à faire un panier et le vendis en ce même jour à un marchand qui passait, contre un sifflot de cuivre rouge, luisant comme l'or. »

Ici Sureau s'arrêtait et se mouchait avec bruit.

« Je racontai la chose à ma digne mère, et défunt votre grand'père me vint trouver en la grange. C'était un homme d'âge et de sagesse. Il me dit : Le jour du Seigneur lui appartient en entier et en plein. Si donc tu as fait trafic des heures qui reviennent à sa gloire, tu as vilainement souillé ton âme.

« Je lui montrai le sifflot, et défunte ma mère, qui le suivait, me dit : — Porte ton sifflot à la sainte Vierge de notre église en marque de ton repentir et pour qu'elle t'obtienne pardon de son divin Fils ; je dis pardon, et c'est miséricorde que dit ma mère, reprenait Sureau. Je le fis par révérence pour la femme de chez nous ; mais dans la suite des temps j'ai connu que cela avait été une action de justice. »

Les enfants écoutaient jusqu'au bout dans le plus religieux silence cette histoire connue d'eux depuis qu'ils étaient au monde, et quand elle était finie, ils disaient :

« La vraie vérité, c'est que les gens craignant Dieu doivent faire observance de son saint jour. »

Un soir toute la famille était rassemblée devant la porte de la chaumière ; c'était un dimanche du mois d'août, le soleil était brillant, un air vif et léger avait succédé à la chaleur accablante du jour ; les fleurs du petit parterre, cultivé par les enfants, relevaient la tête à la brise du soir ; les roses et le jasmin envoyaient tout leur parfum. Nicolette, l'aînée des filles de Jean Sureau, était là depuis longtemps et n'avait pas dit un seul mot ; elle regardait vaguement devant elle d'un air boudeur, et si un de ses frères lui adressait directement la parole, elle ne répondait pas et témoignait son impatience par un brusque mouvement d'épaule.

« Voyez-vous, dit Lise Sureau, sa mère, voilà Nicolette qui se laisse aller à un vilain péché, m'est avis qu'il l'a déjà enlaidie un brin : faut-il bien qu'une fille chrétienne porte ainsi envie à son prochain ? La chose n'est ni belle ni sage. » Sureau leva la tête et interrogea sa femme du regard.

« Oh ! dit Lise, Nicolette aurait voulu se parer aujourd'hui d'une fine cotte de toile rouge *desaine* (1), tout comme les filles de notre voisin ; mais la toile rouge est de trop grande coûtance pour des gens comme nous.

« Je ne voulais pas, dit Nicolette, vous *accoutanger* davantage, mais si ma mère avait voulu me laisser filer une ou deux livres d'é-

1) Des Indes.

4*

toupes le dimanche, depuis le temps que j'y pense, j'aurais aujourd'hui l'argent, sans avoir fait de mal à personne, et la parure ne messied pas plus à moi qu'à la fille de Brifoteau, qui n'est sûrement ni avenante ni bien faite !

« Je pense, moi, dit Sureau en se levant lentement, que le Dieu du ciel et de la terre a plus de raison que vous et moi, et sait mieux que nous la conduite qu'il faut tenir. Si donc il nous marque qu'un jour appartient à sa gloire et à notre repos, c'est censément que notre repos est de lui rendre gloire, ce que nous ne saurions faire de tout cœur sous le poids d'un travail accompli à notre profit. Rentrez, ajouta le vieillard en lui montrant du doigt l'intérieur de la maison, et faites réflexion là-dessus jusqu'à parfaite repentance.

« C'est pourtant dur, dit l'aîné des fils, par un jour si beau de faire rentrer Nicolette, et, pour tout dire, mon père, je ne vois pas que le Dieu du ciel se mette si fort en colère quand on travaille en son jour, car voilà Brifoteau qui est en avance sur nous pour tout ! Tout bien compté, mon père, s'ils sont six à travailler le dimanche, cela fait vingt-quatre journées d'ouvrier par mois de gagnées. Voyez, ils s'enrichissent et sont pourtant plus nombreux que nous sans avoir plus de bien.

« Ce que j'ai dit à votre sœur vous l'avez entendu, ce qui est dit est dit, réglez en ceci votre sentiment sur le mien...

« Jour de ma vie ! s'écria le vieillard, dont la colère s'était animée pendant un long silence que ses enfants n'avaient osé interrompre, les temps sont donc bien changés depuis peu ! Je ne vous connaissais pas ces sentiments nouveaux sur le bien faire et le mal faire en la vie ! Le malin esprit a mis sa bouche à votre oreille, il faut croire. »

Pas un des enfants n'osa répliquer un mot,

et le coupable, celui qui s'était attiré cette
colère, rentra avec sa sœur.

« Savez-vous, dit Sureau à Rosine, que
nous sommes mal envoisinés de ce Brifoteau
et qu'il n'y a pas de pires paroles que les
exemples ; les discours de sagesse que vous
tenez à vos enfants, et les paroles de notre
curé en chaire leur passent d'une oreille à
l'autre comme une fusée, au rebours des
exemples de ces gens qui se logent en eux à
demeure, c'est pour le plus certain de les ren-
voyer de chez nous.

« Et bien vous ferez, dit une voix.

« C'est donc toi, Milochon, dit Sureau au
nouveau venu, comment va le temps ?

« Les hommes sont durs au pauvre monde,
Monsieur Sureau, et puisque, faute de pouvoir
travailler, étant affligé d'un membre, je men-
die mon pain, je puis vous dire que la charité
s'en va de ce monde ; pour ne parler que du
Brifoteau, je vous dirai qu'il vient de défen-

dre le glanage sur sa terre ; c'est un exemple
qui sera suivi, cela, car la malice est de plus
facile enseignement que la sagesse ; mais, sauf
meilleur avis, ne pensez-vous pas que celui
qui renie à Dieu ses jours de gloire peut bien
renier au pauvre son morceau de pain ? Le
monde s'endurcit dans la mollesse, ajouta le
pauvre en mettant dans sa besace le pain et
les noix que lui avait donnés Lise ; » puis,
ayant salué, promis des prières et souhaité
bonne santé, il s'éloigna.

La voix de Brifoteau se fit entendre de loin,
il revenait des champs avec ses fils :

« Bonjour, dit-il à Sureau qui s'avança
seul à sa rencontre, nous sommes plus rudes
au travail que vous, père Sureau, nous avons
aujourd'hui scié tout notre blé, nous aurons
moisson faite demain avant midi, tandis que
vous aurez encore tout votre froment sur
pied.

« A mon jugement, dit Sureau, il n'y a

jamais grande presse à mal faire ; en ma jeunesse mes père et mère m'ont enseigné un
commandement qui est bien du temps passé,
il faut croire.

« Les dimanches tu garderas...

« Ah ! dit Brifoteau, qui l'interrompit,
j'ai retourné la chose à la mode nouvelle, et
je dis :

« Les dimanches tu perdras, si tu ne tra-
vailles pas.

« Eh bien, dit Sureau, j'ai si grande révérence des choses anciennes, que je ne veux
pas dans ma maison ceux qui pratiquent les
nouvelles ; » et ayant soulevé son chapeau, il
ajouta en regardant son voisin :

« A bon entendeur, salut.

« Vieux patriarche ! dit Brifoteau sous
forme d'injure à son voisin qui s'éloignait,
puisque tu fais mépris de moi, sois tranquille,
je te montrerai que l'argent vaut mieux que
la parole de tes ancêtres pour payer des robes

à nos filles, et mon aînée aura à la fête une robe de soie dont les tiennes crèveront de rage! Vieux Lazare! ajouta-t-il en se retournant avec colère, ça parle toujours du bon Dieu, et c'est plus méchant que le diable. »

Mais Sureau ne pouvait plus l'entendre, il était rentré dans sa maison.

Cependant il s'élevait à l'horizon une nuée noire, traversée de larges bandes d'un gris pâle.

Et Lise dit en fermant les petits volets de sa maison : « La nuit sera rude ; » puis elle sortit et coupa devant la porte une branche à un buisson d'aubépine et la suspendit à la cheminée. En ce moment, Milochon le pauvre passa. « Entrez, lui dit-elle, l'orage est proche, et puisque voilà une branche des épines qui ont couronné Notre-Seigneur, mettez-vous sous sa protection et à l'abri de notre toit.

« Je ne veux pas vous faire affront, » dit noblement le pauvre, et il entra.

L'orage fut terrible.

Lise se releva au milieu de la nuit et brûla dans l'âtre une fleur bénie, afin de préserver la maison de la foudre.

« Doux Jésus, disait Milochon, savez-vous, madame Sureau, que c'est un bonheur que les blés soient encore sur pied? » En ce moment un coup de tonnerre, plus effroyable que tous les autres, retentit au milieu des éclairs et fut suivi d'un bruit sec.

Milochon se signa, et Sureau parut près de sa femme qui priait.

« L'orage est tombé, dit-il, bien proche de chez nous, et il me semble que j'entends comme des cris; ouvrez la porte, peut être y a-t-il du mal d'arrivé. »

Déjà Milochon avait ouvert; il voyait derrière les arbres s'élever une épaisse fumée, et Brifoteau se précipita dans la maison.

« Ma grange est en feu, criait-il, au secours ! venez, venez, vite ! Deux années de
récoltes de perdues, criait-il avec désespoir,
et mon blé fauché d'hier sera enfoncé dans la
terre, je suis perdu, ruiné, mes enfants, mes
pauvres enfants ! »

Mais tout fut inutile, malgré les efforts
réunis de Sureau et de ses enfants. La ferme
se trouvait trop éloignée de tout secours, et
la grange pleine de blé s'écroula avec fracas.

« Femme ! disait Sureau à Lise en revenant de la ferme de son voisin, nous avons
rudement travaillé au feu cette nuit, et si
nous n'avons su sauver la grange, nous avons
au moins préservé la maison ; mais c'est une
chose marquante de voir comme ceux qui tra-
vaillent si aisément le dimanche sont chétifs
devant le danger, ni Brifoteau, ni ses enfants
n'ont su rien faire, ils n'ont eu de courage
qu'à se plaindre de la perte de leur bien. »

Tout alla de la même manière pendant

quelque temps dans les deux fermes, Brifoteau travailla comme par le passé, sans repos
ni relâche, regagna ce que le feu lui avait en-
levé et même au delà.

Sureau continua avec ses enfants la même
vie et amassa un peu de bien.

Mais, il arriva un jour où tout se déclara
contre Brifoteau : ses vaches moururent, son
blé fut grêlé, ses moutons eurent le tournis
et moururent, pendant que les brebis de Sureau amenaient chaque printemps leur petit
agneau.

Les désastres rendirent Brifoteau encore
plus méchant, il fut encore plus dur pour les
pauvres, et ceux-ci refusèrent de travailler
pour lui ; ses filles, honteuses de leur pauvreté, le quittèrent et s'enfuirent à la ville,
espérant y trouver la richesse ; mais quand
on demandait à Brifoteau ce qu'elles y faisaient et comment elles gagnaient leur vie,
il n'osait le dire et répondait par des injures.

Les garçons s'étaient engagés, ils étaient
soldats.

Un jour la maison de Sureau fut en fête :
Lise, vêtue de drap fin et la jupe retroussée,
parcourait toute la maison, elle allait voir au
four si les gâteaux étaient cuits à point, au
foyer si la dinde rôtie prenait belle couleur.
La table était mise ; nappe blanche et couverts
d'étain luisants comme de l'argent ! Sureau en
veste de drap, en pantalon de velours et cravate de soie, attendait les invités. C'est que
ce jour-là c'était la noce de Nicolette. Sureau
et Lise mariaient leur fille et elle avait en dot
vingt brebis et un petit bout de pré. Le gen-
dre, c'était Jean, Jean le plus fort berger du
canton. Nicolette avait eu pour sa noce la
jupe de toile rouge, avec cela une armoire
garnie du plus beau linge de la maison, et,
sans rien dire à personne, Lise lui avait mis
dans la main une petite bourse où il y avait
trente écus. Ils étaient revenus de l'église le

matin à travers les prés, et Jean avait fait à Nicolette un bouquet de violettes et Sureau lui avait dit en rentrant :

« Mon fils, voilà Nicolette ta femme, garde avec elle les saints commandements de Dieu, et observances de la sainte Église et la révérence que tu dois à Lise et à moi comme étant tes père et mère sera assez grande. »

Puis les invités arrivèrent et la table fut bientôt entourée.

Au moment où Lise posait sur la table les gâteaux dont elle était fière, une voix murmura derrière la porte :

« La charité s'il vous plaît! »

« C'est Brifoteau, dit Nicolette, qui fait le tour du pays cherchant son pain.

« Ne refusez jamais au pauvre, dit Sureau, qui ne put s'empêcher de murmurer :

Les dimanches tu garderas
En servant Dieu dévotement. »

LE MARIAGE

DE MA TANTE NICOLE

La chaumière où se passa mon histoire est dans un petit vallon presque à mi-côte de la colline, tout près de la rivière, tout près de l'église, loin des routes, entourée d'arbres, avec un petit jardin devant. Un rideau de peupliers cache l'ouest d'où vient la tempête.

Les rossignols nichent devant la porte dans les arbres du jardin. Les hirondelles, sous le toit qui est en paille, bâtissent leur demeure.

Les poules trottent devant la maison, et le coq chante à l'aube du jour dans la cour qui est derrière.

Une petite porte de bois fermée avec une cheville conduit du jardin dans les champs, champs fleuris, doucement en pente, avec des saules alentour et des pommiers blancs et roses au printemps, verts et rouges à l'automne, posés çà et là.

C'est là que ma tante Nicole vivait avec Joseph Laurain son époux. Ils avaient soixante ans de ménage, et plus de quatre-vingts ans d'âge.

Ma tante Nicole avait été belle comme on l'était au siècle dernier. Sa démarche et ses gestes avaient une grande majesté. Ses yeux étaient doux et riants, mais son sourire était grave, et le port de la tête était superbe.

Les habitants du village se découvraient avec respect quand ils la voyaient passer au bras de mon oncle Joseph qui, grand et mai-

gre, mais droit et ferme, la regardait encore
d'un regard doux et protecteur comme du
temps de sa jeunesse.

Combien de fois n'ai-je pas regardé avec
émotion passer à travers les arbres le fichu à
carreaux blanc et rouge qui couvrait les épaules de ma tante Nicole et la blouse bleue de
mon oncle !

Quelle tranquille et douce atmosphère autour de ces deux visages encadrés de cheveux
blancs et éclairés de leurs reflets ! — Les
yeux bleus de ma tante Nicole sont dans
mon souvenir, doux comme la violette et
brillants comme le saphir.

Un soir, tous deux étaient assis, regardant
la braise et la flamme.

En ce moment le facteur frappa à la porte
et ma tante lui ouvrit. Il faisait froid, et la
neige couvrait le seuil. — Il entra, s'assit,
et se chauffa, puis, lentement, tira de son sac
de cuir une lettre.

— Vilain homme, dit ma tante, qui avait cela pour nous et qui ne disait rien ! Et prenant la lettre, elle la remit respectueusement à mon oncle qui l'ayant prise, la lui remit en disant :

— Lisez Nicole.

Ma tante fit un petit salut, et ayant mis sur son nez ses grandes lunettes d'argent, lut la lettre que voici, et que je lui avais écrite la veille :

CHER ONCLE ET CHÈRE TANTE,

Ma mère veut absolument qu'au beau milieu de l'hiver, par le temps affreux que nous avons, je parte, et que j'aille moi-même, en personne, vous annoncer mon mariage et mon bonheur.

J'arriverai deux jours après ma lettre.

Votre neveu,

Charles-Henry LAURAIN.

Le lendemain, dès le matin, ma tante debout sur une chaise fouillait les profondeurs de sa grande armoire, et en tirait les rideaux jaunes à fleurs qu'on suspendit au lit et à la fenêtre de la petite chambre du fond, puis des draps blancs qu'elle tira d'un paquet particulier et qu'elle ouvrit sur la table. Des feuilles de sauge et des fleurs de lavande étaient parsemées dans les plis. Une odeur suave s'échappait de ce linge blanc et frais.

En les regardant, quelque chose d'attendri passa sur le visage de mon oncle, ma tante leva la tête et ses yeux bleus, riants et graves s'arrêtèrent sur mon oncle.

— Les reconnaissez-vous, Joseph?

— Toujours les mêmes, Nicole? Voilà soixante-cinq ans que vous les avez dépliés pour moi.

— Ce sont les draps des étrangers, dit ma tante.

4**

Mon oncle passa la main sur la toile fine et blanche, et ma tante ajouta :

— Ce sont les plus fins que nous ayons jamais eus, et je les tiens de ma mère. Car, disait-elle, on ne sait pas, quand on reçoit un étranger, on ne sait pas si ce n'est pas un ange. La dernière fois qu'ils ont servi c'était pour ce pauvre, vous savez, Joseph ?

Celui que nous trouvâmes priant à genoux dans l'écurie ?

— Oui.

— Le jour où vous les dépliâtes pour moi, Nicole, vous ne les dépliâtes pas pour un ange.

A ce mot de son mari, ma tante eut un regard si radieux, si attendri, si joyeux, et si grave, que deux larmes tombèrent des yeux de mon oncle, et glissèrent le long des rides de son visage, se perdant dans son sourire, puis il embrassa gravement ma tante en lui disant :

— Ma chère Nicole, avec vous j'ai été heureux.

— Et moi aussi, Joseph, dit ma tante qui baissa la tête et referma d'une main tremblante les plis parfumés des draps, afin de les emporter dans la petite chambre du fond.

Quand j'arrivai, ma chambre était prête. Il y avait sur une table un bouquet de romarin dans une espèce de verre bleu à gros ventre. Sur la table une serviette en guise de tapis, deux chaises, l'une placée près du lit, l'autre devant la table. Ces rideaux jaunes à fleurs rouges fraîchement suspendus à la fenêtre et à l'alcôve montraient leurs plis raides un peu fanés. — Dans l'alcôve, sur un lit de bois blanc fort bien garni d'excellents matelas, se repliaient les draps blancs parfumés et frais, que ma tante réservait aux étrangers. Un petit miroir était suspendu par un clou à la fenêtre, c'était tout.

Mon oncle me précéda dans cette chambre, et m'introduisit avec gravité, me montrant d'une main tremblante par l'âge le lit blanc où je devais reposer.

J'étais loin du luxe de Paris!

Cependant quelque chose de grave s'emparait de moi, pour la première fois peut-être.

Le soir, quand après souper, je m'assis sur une chaise de paille entre mon oncle et ma tante, j'eus de moi-même une certaine honte, secrète et sourde, et j'essayais de prendre l'avantage sur les deux vieillards qui me recevaient.

La solennité avec laquelle mon oncle avait béni la table avant de s'y asseoir, le salut respectueux qu'il avait fait à ma tante en lui remettant la cuillère à potage, afin qu'elle servît, leur attitude grave, souriante et bonne, tout cela pesait sur moi. Je me sentais écrasé, c'est alors que j'entrepris pour ma réhabili-

tation le récit de mes amours et de mon prochain mariage.

— Ta femme est-elle bonne ? me dit mon
oncle en se penchant vers moi.

J'eus pitié de cette question qui sentait
d'une lieue le bourgeois campagnard, et je
dis à mon oncle :

— Je vais vous faire un récit dans les
règles.

J'ai rencontré Mlle de Saint-Luc, chez une
vieille marquise de ma connaissance qui m'a
montré la jeune personne en me disant :

Çà vous convient, mon cher ; elle est jeune,
elle a des principes, et surtout 120,000 fr.
de dot bel et bien ! et comptant ; quant au
beau-père et à la belle-mère, vous savez,
c'est votre affaire. En prenant la fille, on
n'épouse pas toute la maisonnée !

Cette vieille marquise est une femme du
monde, une femme très-répandue. Ce n'est
pas un esprit étroit, imbu de vieux préjugés.

4***

Ici les yeux bleus de ma tante me coupè-
rent la parole sans que je susse pourquoi. —
Cependant je me remis et j'ajoutai :

— La vie de garçon me pèse, je veux en
finir ; voyez-vous, mon oncle, je ne suis pas
corrompu, et quand j'aurai une femme au
logis, eh bien..... cela ira beaucoup mieux,
nous serons presque riches, une vingtaine de
mille francs de rente. En donnant à ma
femme 7 ou 800 fr. pour sa toilette et une
femme de chambre, elle sera heureuse. Elle
verra ses cousines qui sont de vieilles filles
assez ridicules, mais point méchantes, et moi
j'irai à la chasse et dans le monde. Voilà, il
faut en finir, voyez-vous ? la vie de garçon
est déplorable, déplorable !

— Voilà pour la femme... et les enfants ?

— Les lycées ne sont pas faits pour les
toutous, mon oncle !

A ces mots, la main blanche et ridée de
mon oncle s'empara en tremblant des pin-

cettes. — Je ne sais pourquoi l'idée ridicule me vint qu'il voulait m'en asséner un coup sur la tête, mais il n'en avait qu'aux tisons d'où s'échappèrent mille étincelles toutes joyeuses.

— Quant au beau-père et à la belle-mère, ajoutais-je rassuré, je les inviterai à dîner une fois par an, parce qu'il faut respecter les aïeux ; le père a une tête !... incroyable...

Ici ma tante se leva, et j'eus une frayeur réelle de la voir lever la main sur moi. Elle ne pensait en réalité qu'à allumer mon bougeoir, car il était l'heure de se coucher.

Mon oncle le prit de ses mains avec un salut, et me précéda gravement.

Ma surprise était grande de n'avoir pas produit plus d'effet. Les deux vieillards n'avaient pas dit un mot depuis la fin de mon récit, et quand j'entrai dans ma chambre je me retournai en leur disant :

— Eh bien ?...

— Reste garçon, mon fils, dit mon oncle.

— Oh ! oui, dit ma tante.

Un commencement de sommeil et peut-
être de cauchemar dénaturait à mes yeux la
physionomie et les gestes de mon oncle et de
ma tante.

Dans la réponse qu'ils venaient de me
faire, il me sembla voir une menace, et leur
voix si douce me parut tonnante. Je me ca-
chai précipitamment dans les rideaux de
mon lit en voyant mon oncle prendre une
chaise, et ma tante le pot garni de romarin
qui était sur ma table. Je crus qu'ils allaient
me jeter tout cela à la tête.

— Tu ne veux pas causer, tu t'endors.
Bien, bien, dors, mon garçonnet, nous cau-
serons demain, dit mon oncle qui posa sa
chaise près de mon lit.

— Bonne nuit, dit ma tante qui emporta
le romarin.

Et j'entendis s'éloigner les pas de mes re-
doutables parents.

Cependant la fraîcheur de mes draps,
l'odeur suave qui s'en échappait, le calme de
la maison, tout, jusqu'à l'arrangement de
cette chambre que j'apercevais au clair de
lune, tout cela me calmait, et je m'endormis
d'un doux sommeil.

Au réveil, mon oncle était là, avec le mot
qu'il avait dit la veille en me quittant : Reste
garçon, mon fils.

— Pourquoi cela ?

— Tu seras malheureux.

— Pourquoi cela ?

— Parce que pour se marier, vois-tu ?
c'est très-simple, il faut s'aimer.

— Pourquoi ce...

Je m'arrêtai et je rougis.

Pendant le déjeûner je dis :

— Comment avez-vous connu ma tante,
mon oncle ?

— Mon fils, j'étais sous-lieutenant. C'était du temps de *l'autre*, j'allais en Espagne, tu sais?... Nous avions fait route, et j'arrivais à Tarascon, harassé de fatigue. — J'avais mon billet de logement. Je me présente, et voilà une jeune fille grande et blonde, sérieuse et attentive, qui se lève et me reçoit. — Aussitôt elle fait servir le repas, et tandis que je me reposais en mangeant, elle arrive tenant sur ses bras des draps blancs et parfumés.
— Sa mère était près du feu, et ses petits frères la suivaient et l'entouraient en l'appelant : sœur Nicole.

Elle eut avec moi le sérieux et la grâce qu'elle avait avec ses petits frères, et quelque peu de la déférence qu'elle avait avec sa mère.

J'étais interdit, et ne sachant plus ce qu'il fallait dire à une personne si majestueuse et si bonne, je trouvai la chose intéressante que voici :

— Quel beau linge vous avez, mademoiselle !

— Ce sont les draps des étrangers, me dit-elle.

— Et pourquoi sont-ils si beaux ?

— On ne sait pas, me dit Nicole, quand on reçoit un étranger si cet étranger n'est pas un ange.

Elle me recevait comme elle aurait reçu un ange, mon fils ! Moi, tu entends !

Je m'endormis dans les draps parfumés destinés à un ange, et, pensant à cette femme, belle, gracieuse, sérieuse et bonne, je me détestai — je promis de changer, et le lendemain je partis pour l'Espagne.

— Eh bien, lui dis-je ?

— Je revins trois ans après, reprit mon oncle. Les choses avaient bien marché : j'étais colonel, je cherchai Nicole : — Ce n'est pas un ange, mademoiselle, dis-je en entrant, mais c'est un ami.

Et Nicole me reconnut : voilà mon fils !

— Ces draps parfumés ?

— Sont ceux dans lesquels tu as couché.

— Ceux destinés...

— Aux étrangers, dit ma tante, car il se peut que l'étranger que l'on reçoit soit un ange.

En ce moment, la porte s'ouvrit et une jeune fille entra.

— Bonjour, Nicole, dit mon oncle.

— Quoi, Nicole ? une autre Nicole ? m'écriai-je.

— C'est ma filleule, dit ma tante en me la présentant, toi, mon fils, tu vas te marier richement, c'est à elle que nous laisserons notre petit bien.

Il y a de cela vingt ans.

Je ne me suis pas marié richement. Nicole

et moi, nous habitons la maison de ma tante, et dans le fond de la grande armoire, nous conservons les draps des étrangers que sa marraine nous a laissés : dans leurs plis nous mettons encore des feuilles de sauge et de lavande !

LES MOISSONNEURS

———◆◇◆———

Dans nos appartements de Paris, nous fermons les fenêtres, nous baissons les rideaux, nous ménageons avec art quelque ouverture par où l'air nous puisse arriver ; nous sommes vêtus de toile ou de batiste, et, largement étendus, nous faisons... quoi?

· Nous moissonnons les pavots, l'ennui et la faiblesse ; nous affaiblissons nos yeux, qui ne peuvent plus supporter l'ardeur du grand air.

Nous sommes éblouis, si un rayon de

soleil nous arrive; nous sommes enivrés si,
par hasard, nous respirons une bouffée d'air ;
je m'entends, une bouffée d'air véritable, non
pas celui que charient nos rues et nos places
publiques en passant sur la Morgue et l'Hôtel-
Dieu, non pas celui qui entre chez nous avec
les émanations des égoûts, nous pouvons
supporter celui-là ; mais nous ne pouvons pas
supporter celui que le vent apporte par dessus les grands arbres des forêts, par dessus
les moissons déjà jaunies, par dessus les jas-
mins et les roses qui tapissent les maisons
des champs.

Nous moissonnons, ainsi couchés à l'ombre, l'ennui, la faiblesse et la maladie, sans
compter la mauvaise humeur, avec tout ce
qu'elle engendre de querelles et d'injustices.

Mais laissons là les moissonneurs de Paris;
parlons des vrais moissonneurs.

Ceux-là ont regardé, pendant l'hiver, les
pointes vertes du froment perçant la glace et

la neige ; ils ont regardé la terre qui porte l'espérance, et ils ont regardé le ciel pour lui demander de n'être pas inclément ; ils savent que les hauts et les bas cours de la Bourse ne peuvent rien sur les fleurs des champs ; ils n'ont pas confié le soin de leur trésor à un agent de change ; leur trésor est entre les mains de Dieu ; ils n'ont pas oublié de le nommer leur Père.

Dans la paix du foyer, ils ont attendu le soleil, comme un ami, comme un bienfaiteur ; c'est lui qui a jauni les épis verts.

Ce moment où nous gémissons, étouffés entre les quatre murs de nos maisons, est celui de la richesse, de l'abondance et de la joie.

Voyez le village à quatre heures du matin ; trois ou quatre vieilles femmes gardent à elles seules toutes les maisons ; les rues sont désertes, les portes fermées, les maisons silencieuses. On dirait que l'ennemi a passé là, apportant l'épouvante ; au contraire, c'est l'ami qui est venu, avec la joie et l'abondance ; le soleil a mûri les fraises dans les bois, le groseillier dans les haies, et, dans les champs, les moissons et les prés.

Aux premières lueurs du jour, les petits chemins ombragés sont parcourus par des bandes de jeunes gens qui vont en chantant, la faux ou le rateau sur l'épaule, prendre à la terre ses richesses

La fauvette, étonnée, est surprise dans son sommeil par l'ouvrière matinale et joyeuse, qui l'éveille en chantant, L'alouette, elle-même, dort encore, la tête sous l'aile ; mais elle sait que la faux du moissonneur respectera son nid dans le chaume. C'est au bruit du travail qui commence qu'elle s'éveille : joyeuse et légère, elle s'élève en chantant sa chanson fraîche, matinale et triomphante ; plus elle monte haut, plus sa voix devient éclatante ; elle chante le soleil qui parait à

l'horizon, la rosée qui brille dans l'herbe, et
le premier parfum des roses qui s'entr'ou-
vrent !

Pendant cette première fraîcheur transpa-
rente et dorée du matin, les moissonneurs
avancent dans le champ, et, sous le tran-
chant brillant de la faux, tombent les épis
mûrs tant attendus ; leurs mains se remplissent enfin des richesses promises !

L'homme n'est pas trompé par Dieu.

Quelle activité, quelle joie, tandis que
nous dormons au fond de nos alcôves sans
air ? Les gerbes s'entassent, et, quand nous
nous levons, fatigués d'un lourd sommeil, la
journée est presque faite, et déjà on se
repose. On s'est assis sur le revers d'un
fossé ; travailleurs et travailleuses ont déposé
sur l'herbe, encore humide, le contenu des
paniers ; on déjeûne, et, quel appétit !... C'est
là, aussi, qu'on apprend à se connaitre, et,
quand les blés seront fauchés, il se fera plus

d'un mariage à l'église. Jean a montré sa force au travail, sa douceur et sa gaieté ; Marie sa grâce, sa sagesse, sa prévoyance ; et tandis que, par la chaleur accablante du jour, nous faisons péniblement notre toilette, ils ont causé, assis à l'ombre, de bonheur et d'avenir !...

C'est au chant des oiseaux, aux rayons du soleil couchant, à l'éclat du grand jour, et dans le repos du travail qu'ils préparent leur vie. Ce sont là des conditions d'ordre, de paix et d'union. Et quand le curé du village passe dans les champs pour encourager et bénir, il ne dérange pas ceux qui causent de leurs espérances ; on lui sourit ; il sera dépositaire des promesses, et on ne goûtera qu'au bonheur qu'il aura permis.

La journée avance, et les chariots venus vides, s'en retournent pleins, et remplissent les granges. Désormais, la vie est assurée. On la tient de la terre, que Dieu féconde !

On chante en rentrant, et les vieillards, gardiens au village des enfants encore au berceau, se reposent enfin de leur sollicitude dans un sommeil sans rêve.

Douce fatigue des travaux de la terre, labeur fécond que Dieu seul récompense, quelle paix vous mettez au cœur des hommes!

Tandis que les moissonneurs endormis reposent sur la paille fraîche, dans un sommeil plein du souvenir des splendeurs du jour écoulé, nous sortons de nos maisons, et nous montrons à l'éclat tremblottant de la lumière artificielle des parures sans goût, que le temps rendra ridicules. Nous échangeons, dans un langage de convention, des idées apprises, que nous n'avons pas, et, fiers de connaître les détails de la vie de Néron, nous méprisons, par ignorance, le moissonneur qui a récolté dans les champs le blé mûr, le pain des vivants !

—◦—

5*

LE

CHANT DU ROSSIGNOL

— Marie-Josephe?...

— Pierre-Jacques?

— Savez-vous bien que nous sommes nés tous deux dans ces petites maisons que vous voyez là, au tournant de la *couline*? Pour bien dire, en même temps, s'il y a trois ans de distance entre nous, c'est le bout de tout.

— Oui, Pierre-Jacques, je me souviens bien. Quand nous étions petits, vous me fai-

siez des petites charrettes, nous allions ensemble à l'école et à la messe, et le soir, nos
deux mères nous faisaient dire ensemble notre
Pater.

— Nous gardions ensemble les moutons,
en ramassant de la doucette.

— C'est vrai, il y en avait un gros noir
que vous aimiez mieux que les autres.

— Et vous, c'était le petit blanc. Nous les
gardions là, au bord de la rivière ; nous chan-
tions...

— Nous avons eu ensemble, reprit Pierre-
Jacques, les bons et les mauvais jours.

— C'est vrai, Pierre-Jacques, dit Marie-
Josephe. Votre mère était grande amie de la
mienne. Je me souviens bien que, l'année du
grand hiver, elle vendit son lin pour nous
donner du pain, la chère femme ! Du lin plus
blanc que la neige et plus fin que la fine soie.

— Ce n'est pas une chemise de moins à
la maison qui fait une grande affaire, et une

amie comme vous, c'est rare. Vous savez
bien, Marie-Josephe, il n'y a pas plus de deux
ans, le vieux était malade et je m'étais démis
le pied dans les charrois. C'était le moment
que défunte votre mère faisait sa grande maladie. Le pain manquait à la maison, et chez
vous, il n'y en avait guère. — Je vous vois
encore de mes yeux. — Dans ce moment là,
le vieux me disait : Mon pauvre Pierre-Jacques, le bon Dieu aura pitié de nous. Aie
seulement un peu de constance, tant seulement jusqu'au soir. Vous, vous montiez la
venelle qui est derrière le pré à Gobert, vous
filiez, vous filiez derrière les buissons plus
vite qu'une belette.— Je vous verrai toujours
dans mes yeux. — Vous étiez tout amincie
de peine et de travail. Tout d'un coup, vous
êtes entrée dans notre maison, vous apportiez
des pommes de terre et du pain. Vous m'avez
dit : Pierre-Jacques, je vous donne la moitié
de ce que nous avons, et vous êtes allée

embrasser le vieux. Quand j'ai vu cela, mon
cœur s'est fendu de joie. Le vieux s'est mis à
dire : Voilà bien une brave fille chrétienne et
sage. Depuis ce jour-là, je vous ai toujours
eue dans mes yeux.

— Mon pauvre Pierre-Jacques, cette
année-là a été rude pour nos deux maison-
nées : ma mère est morte et mon père est
tombé infirme, et l'hiver a été si rude, que
nos haricots ont gelé. Je n'avais de moments
qui s'appellent un peu doux que pendant la
grand'messe du dimanche, où je chantais.

— Voyez-vous, Marie-Josephe, depuis ce
temps-là, on dirait que votre bien a été béni.
Je n'ai jamais vu de *tenure* pareille. Dirait-
on jamais que cette terre-là est meublée par
une femme, par une jeunesse comme vous ?
Car, enfin, chacun sait bien qu'il faut des
bras d'homme pour la terre et des bras de
femmes pour les enfants ; les mioches de
chez nous, c'est certain qu'ils seraient déjà

morts, les innocents, si vous ne les preniez pas souvent sur vos genoux.

— Écoutez donc, Pierre-Jacques, des enfants, ça a besoin de douceur ! Que serions-nous devenus, s'il n'y avait pas eu de femmes chez nous quand nous étions petits ?

— C'est vrai, dit Pierre-Jacques, ma mère était bonne comme le pain, et la vôtre, qui était un peu rude, était de bon conseil, savez-vous ?

— Oui, oui, c'est elle qui m'envoya vous porter les pommes de terre et le pain. Nos voisins sont dans la peine, me dit-elle, il y a plus de trois jours que je n'ai vu ni entrer ni sortir de leur maison. Par ce temps de moisson, tout le monde est aux champs. Partagez ce que nous avons et portez-le ; si nous manquons après, peut-être qu'ils auront quelque chose et qu'ils partageront avec nous. Je me suis mise à pleurer, en me dépêchant, car j'avais quelque chose sur le cœur

en regardant du côté de chez vous ; j'étais
si fort consolée de ce que ma mère disait, que
je ne pouvais pas m'arrêter de pleurer, ça,
pour dire le vrai, ma mère était une femme
de grand conseil.

En ce moment, Pierre-Jacques et Marie-
Josephe avaient atteint le petit bois qui domine le village de B***, ils se turent et s'as-
sirent au bord du talus pour se reposer. Quelque chose de doux, un murmure vague, je ne
dirai pas s'entendait, mais se sentait sortant
du bois ; les fraises et la mousse envoyaient
leur parfum pénétrant et suave. Pierre-Jacques pensait à ce moment où Marie-Josephe
avait embrassé le vieux ; Marie-Josephe pensait aux larmes qu'elle avait répandues en
partageant les pommes de terre et le pain.
Tout à coup, un rossignol chanta dans les
branches, car le soleil baissait et dans le bois
il faisait nuit, la lune se levait déjà toute
argentée, et le silence se faisait ; il ne donna

que quelques notes claires, vibrantes et per-
lées, puis il se tut.

Marie-Josephe pensait à sa mère morte, à
son père infirme. Pierre pensait à ses frères
dont il était le seul soutien.

Le rossignol reprit son chant par des notes
basses, flexibles, roulantes, cadencées, argen-
tées, mystérieuses, qui allaient bientôt s'élever jusqu'aux cieux dans le silence.

Marie-Josephe et Pierre-Jacques fondirent
en larmes, et se jetèrent au cou l'un de l'autre.

Je mets mon père sous votre garde, dit
Marie-Josephe.

— Et moi je vous donne les petits, dit
Pierre-Jacques.

Ils venaient de se donner tout ce qu'ils
avaient au monde. Le rossignol chantait toujours. Marie-Josephe et Pierre-Jacques pleu-
raient en souriant.

— Je vous aurai toujours dans mes yeux,
disait celui-ci.

Ce soir-là, les frères de Pierre-Jacques furent assis sur le lit du bonhomme infirme, qui leur raconta des histoires, et, un mois après, Pierre-Jacques et Marie-Josephe furent unis devant les hommes et devant Dieu.

— Pour toujours, toujours? disaient les enfants émerveillés.

— Oui, pour toujours, toujours! répondirent les jeunes gens avec gravité et douceur.

LES

VENDANGES

J'ai parlé des moissons ; mais la terre est
inépuisable, et voici les vendanges.

Voici les côteaux couverts de pampres
verts, voici les lourdes grappes suspendues
aux ceps, rouges, vermeilles, éclatantes,
comme le rubis et le grenat, ou bien encore de ce beau jaune pâle qui rappelle la
topaze du Brésil. Le blé renferme, dans son
écorce de paille, la richesse, le pain, la vie ;

la vigne montre tout son éclat ; elle brille, elle étale aux yeux ses promesses ; dans les mains de l'homme sage, elle sera la force et la joie ; elle est le superflu. Dieu nous montre que le superflu est nécessaire à l'homme, et sa profonde bonté éclate dans le don qu'il nous en fait.

Le nécessaire ne nous tente pas.

L'abus en est impossible. L'homme n'abuse que de ce qui est accordé à sa faiblesse, et le don qui nous est fait pour la joie, devient, dans nos mains indiscrètes et turbulentes, la source de nos désordres et de notre affaiblissement. Rien ne nous montre mieux la nécessité d'un frein, d'une loi, d'une obéissance que le pouvoir que nous avons de changer nos joies en honteuses misères.

Mais ceux qui abusent de ce don ne sont pas ceux à qui il est fait. Les vendangeurs sont sobres ; les peuples du Midi ne connaissent pas l'ivresse. Il semble que le soin de cette richesse les rende sages ; il semble que les mains dignes de la recevoir sont dignes aussi d'en user, et qu'il est fait à leur travail cette grâce de ne pouvoir en faire abus.

La moisson, c'est un travail.

La vendange, c'est une fête.

Le travail et la fête sont nécessaires à la vie.

On invite ses amis ; les jeunes filles sont conviées ; elles viennent avec des paniers ; on rit, on chante, on danse aussi, on se repose à l'ombre.

Les paniers se remplissent et se vident dans les cuves déjà bouillantes sous les pieds des presseurs, et demain, déjà, on aura le vin doux.

C'est à l'ardeur du soleil, c'est au grand air, c'est à l'ombre des pampres seulement que, vendangeurs et vendangeuses, vont, en chantant leurs chansons, récolter le raisin mûr ; c'est à l'éclat du jour qu'ils goûtent en-

semble à ce vin inachevé, où ils puiseront
plus tard, dans un usage modéré, la force et
la gaieté.

Aux mains pures des travailleurs, aux mains
dignes de récolter, parce qu'elles ont cultivé,
la joie vient douce, modérée et salutaire,
mais à nous, à nos mains oisives, les nausées
et les déboires de ce qui a fait leur bonheur.
Nous nous enfermons dans nos maisons, et
là, à l'ombre, au froid, au milieu des men-
songes, des médisances et des calomnies,
nous abusons de ce don que nous n'avons pas
mérité ; et nous trouvons, à la place de la
gaieté, le désordre, l'étourdissement, le dé-
goût, le chagrin. Là bas, le jus vermeil du
raisin a réveillé le poète ; il endort le libertin.

Là-bas, en même temps que le fruit, ils
récoltent l'espérance ; ici, nous récoltons le
désespoir, l'abrutissement et la mort.

Les mains qui n'ont pas soigné sur la terre
la récolte attendue, portent aux lèvres une

coupe trop pleine, et nous mourons dans l'étourdissement de notre intempérance, tandis que,
là bas, ils vivent dans la sage jouissance des
biens qui leur sont accordés.

Le pain, le vin,

L'utile et le superflu.

Dieu veut que nous ayons le superflu !

C'est du pain et du vin, c'est de l'utile et
du superflu, que le Fils de Dieu a fait la chair
et le sang du Dieu éternel qui a voulu être
notre nourriture, comme pour nous dire :

Le pain, le vin, voilà pour votre corps ;

Pour votre âme, me voilà moi-même ; me
voilà, et je serai confondu avec le blé qui
remplit vos granges, avec le vin qui déborde
de vos cuves trop pleines ; je récompense
ainsi le labeur de vos bras !

Le pain, le vin ; mais ce n'est pas assez !

Me voilà moi-même ; me voilà !

Que de vos lèvres satisfaites, que de votre
cœur enfin rempli sorte un cantique de louan-

ges le matin avant le travail, et le soir avant
le repas! Chantez le nom de Celui de qui
vous tenez toutes choses! la vie du temps
et la vie de l'éternité !!!

LE

SERMON DU CURÉ

—✦◇✦—

Deux Parisiens s'égarèrent un jour jusque dans un petit village.

Lequel ?..... Je ne dirai pas son nom de peur que trop de Parisiens ne s'y rendent et qu'ensuite ce ne soit plus un petit village.

Enfin, c'était un petit village, perdu, caché, enfoui dans un petit vallon ; loin des villes, loin des bourgs, et presque sans chemins pour y arriver. Aussi, quels chemins

5**

charmants l'on prend pour s'y rendre! Sentiers le long des haies, sentiers dans les prés, sentiers dans les blés, mais de chemins point du tout, même pour un cheval; quant aux voitures, jugez !.....

Par quel hasard deux Parisiens arrivèrent-ils un jour jusque-là !

— Je ne sais.

— Peut-être attirés par un souvenir de jeunesse et de joie. Peut-être poussés par l'horreur étrange que l'on a du monde quand on est du monde. Horreur fade et profonde!

— Peut-être pour voir comment viennent les blés et si les fraisiers sont de grands arbres.

— Peut-être pour rire un peu des hommes en blouses et des femmes en jupons entre les mains desquels Dieu a remis les richesses de ce monde, la laine, le lin, la soie, le blé, les fruits.

— Peut-être aussi pour admirer.

— Qui sait ?...

Toujours est-il que deux Parisiens étaient dans ce petit village.

— Vous le voyez, mon histoire est une histoire singulière.

Dans ce village, il y a un curé, et quel curé !... Toujours malade, toujours par voies et par chemins. Risquant sa vie à toute heure. Il prend médecine ; il a un emplâtre. Le voilà parti près d'un plus malade que lui, et il perd son emplâtre en chemin ; c'est la moindre des choses.

Nos deux Parisiens causaient quelquefois avec lui.

— Demain, dit-il un jour, je ferai à la messe un sermon.

Les deux Parisiens promirent de s'y rendre. (Voyez que mon histoire est singulière !) Peut-être pour faire plaisir au curé, peut-être pour rire un peu des phrases entortillées du bonhomme, — peut-être aussi pour entendre la parole de Dieu.

— Qui sait ?

Ce dimanche-là était un dimanche de mai.

Dieu sait comme c'était beau autour de la petite église !

Prés fleuris , arbres verts , fraisiers en fleurs le long des haies, ruisseaux pleins de murmures, chants d'oiseaux.

Les Parisiens furent un moment heureux, faute de mémoire peut-être !

Jean se rendait à l'église, et Marie-Jeanne, et Pierre-André, et tous les autres.

Ce n'était pas un dimanche comme un autre ! Pierre avait son habit de noce et Marie-Jeanne sa belle jupe de drap.

— Quoi donc ?

— Les enfants ce jour-là faisaient leur première communion et M. le curé un sermon.

— Quel sermon ?

— Vous allez voir. Laissez-moi d'abord vous dire comment la chose arriva.

Quand la cloche sonna, chacun prit le che-

min de l'église, et s'agenouilla à l'entour,
Jean sur la tombe de son père, Marie-Jeanne,
hélas! avait perdu son époux!

— Que ces renflements de gazon rappel-
lent donc de souvenirs! Chacun regrette! C'est
un père, une mère, un enfant, une sœur, un
ami peut-être.

— Que mon histoire est singulière!

— Ces Parisiens regrettaient un ami.

— Un ami?

— Oui, oui, un ami!

Là, tandis que la cloche sonne, le cœur se
gonfle et se souvient! que de sourires éva-
nouis! que de voix que l'on n'entend plus!

Quand la cloche ne dit plus rien, un murmure s'élève :

— Qu'ils reposent en paix! Amen!

Les hommes entrèrent les premiers et prirent place dans le chœur.

Les bancs de bois étaient pleins.

Les femmes entrèrent ensuite, et les Pari-

5***

siens n'avaient pas de place, tant il y avait de mères ce jour-là.

Puis, le prêtre sortit avec la bannière et les enfants de chœur et les chantres, et toutes les femmes suivaient. On se rendit ainsi à l'école où les enfants attendaient.

Il fallait bien aller les chercher.

Ce jour-là, la timidité est aussi grande que l'amour.

Ils étaient là tout droits, tout raides, tout éblouis, en veste ronde, en jupes blanches.

Ils passèrent devant leur mère sans détourner la tête seulement.

Dieu, Dieu lui-même les attendait sous le petit clocher d'ardoise.

Ils étaient là, dans le chœur, sur des chaises, tout au milieu avec leurs cierges qui brûlaient et leur cœur tout surpris.

Quoi, plus que leur mère, Dieu lui-même venait à eux !

Voilà qu'on chanta la messe, et puis voilà

qu'au milieu ils se tournèrent vers leurs
pères, puis vers leurs mères et dirent ensemble à haute voix :

« Cher père et chère mère, pardonnez-
nous si nous vous avons offensés. »

Tous ensemble et chacun était sur son voisin en arrière d'un mot tout au moins.

Pardonner! et quoi? depuis qu'ils étaient
au monde ils n'avaient fait que rire et pleurer
quelquefois.

Pardonner! comme à ce mot on se souvient.

Les pères, les mères, qui étaient là, avaient
aussi demandé pardon une fois dans leur vie
comme les enfants venaient de le faire.

Et depuis, combien de fois avaient-ils
demandé pardon? Jamais peut-être ; ils se
souvenaient de cela.

Les hommes souriaient entre eux en se
regardant, et les femmes avaient le cœur
gros.

Encore un mot, encore un mouvement et peut-être que tous allaient demander pardon.

Une femme se pencha à l'oreille du Parisien et lui dit :

— Monsieur, c'est mon petit qui a commencé, ça me fait quelque chose, et son visage radieux, baigné de larmes, se cacha dans un mouchoir à carreaux.

Quelque chose courait dans cette assemblée. Le souvenir de l'innocence se levait gravement dans les cœurs.

C'est alors que d'une même voix les enfants redirent ensemble le renouvellement des vœux du baptême. Chaque mère distinguait la voix de son enfant et craignait qu'il n'oubliât un mot.

Monsieur le curé monta en chaire, il montait vite, le moment était bon pour parler, savez-vous !

— Mes frères, dit-il.

Puis il posa sa tête dans ses mains.

— Mes frères, essaya-t-il encore de dire, mais cette fois sa voix s'éteignit, il ne put.

Quelle faiblesse !

Il la surmonta et dit :

— Mes enfants !

— Puis, lui aussi, il cacha son visage comme les pères, comme les mères, et, comme tous les autres, il pleura.

Les Parisiens n'y purent tenir, ils pleurèrent aussi comme ces enfants, comme les pères, les mères et le curé lui-même ; c'est que pour la première fois peut-être, ils venaient d'entendre la parole de Dieu.

La parole de Dieu, cette parole muette, qui monte, monte, monte et soulève le fond du cœur.

Cela dura un moment, puis, comme s'il avait tout dit, le curé redescendit à l'autel et la messe continua.

— Quoi, me direz-vous, c'est là le sermon du curé ?

Le souvenir m'en est encore si présent que je vous répondrai :

— Oui, mon *frère*.

Oui, vraiment, ce fut tout. Nous pardonnâmes à nos ennemis, nous pleurâmes en considérant la dureté de notre cœur, car vous l'avez deviné, ces deux Parisiens, c'étaient mon ami et moi.

En sortant de l'église, mon ami ôta son chapeau en passant devant les petites filles en blanc qui jouaient en mangeant leur gâteau, gâteau apporté par la mère.

Pour moi, je ne sais ce que je fis, mais j'aperçus un vieux bonhomme à cheveux blancs qui, à la vue des enfants, et voyant notre respect, salua à son tour les enfants de ses enfants.

ÉGLANTINE

—oᵒₒ⁰ₒ⁰ₒᵒ—

Vous souvenez - vous du temps où à la Saint-Philippe on donnait grand bal chez M. le préfet.

C'était en 1835 ou 1836. Le premier mai était venu apportant avec la Saint-Philippe une profusion inaccoutumée de fleurs et de parfums.

M. ***, préfet de ***, donnait ce jour-là grand bal comme le devait tout préfet dévoué à la chose publique. Les autorités constituées du département témoignaient la plus vive allé-

gresse et dès le matin les murs avaient été
pavoisés.

Une légion de domestiques en livrée s'agitaient dans les salons de la préfecture aux
murs desquels étaient déjà suspendues des
draperies aux trois couleurs ; les parquets
étaient cirés, frottés, luisants, les meubles
époussetés, et tout ce qui aurait pu empiéter
sur l'espace destiné aux danseurs était impi-
toyablement relégué au fond des appartements particuliers de M. le préfet.

Les salons étaient situés au rez-de-chaussée
et leurs larges fenêtres s'ouvraient sur un
petit jardin, où fleurissaient symétriquement
alignées quelques fleurs souffreteuses, objets
des soins assidus de Mme la préfette et quoti-
diennement arrosées par un vieux bonhomme
décoré du titre de jardinier. Le temps était
magnifique et par les fenêtres ouvertes devait
pénétrer le soir même, au milieu du bal, *l'air
embaumé du soir*. Quelques lanternes de cou-

leurs, suspendues aux arbres et aux murs du
jardin, devaient donner un aspect féérique à
la fête du roi.

Les choses ainsi arrangées avaient mis en
émoi toutes les *beautés* de la ville et chacune en particulier se préparait de manière à
écraser sa rivale, rivale en beauté s'entend,
car apprenez de moi qu'aucune autre rivalité
n'existait entre ces dames. Fi donc ! Tout
allait donc pour le mieux , et les danseurs
eux-mêmes, hélas! se préparaient à avoir
grand chaud sans trop murmurer. Du reste,
les glaces devaient paraître à foison , chez
M. le préfet, pour contrebalancer les effets
de la danse.

M. le général commandant le département
promenait lourdement, dans toute la ville,
son héroïque personne, suivi d'un détache-
ment de vétérans composant le dépôt de re-
monte.

Le tambour parcourait les rues, retentis-

6

sant avec frénésie et portant l'agitation au cœur des plus paisibles bourgeois. Un mât de cocagne se dressait au milieu de la place et une course en sac devait avoir lieu sur la route de Limoges.

La joie s'offrait à tous les désirs, à toutes les aspirations ; le plaisir se présentait sous toutes les formes.

Et pour une fois au moins le cœur de l'homme devait être comblé.

Au village de Glény vivait dans une charmante petite maison un vieux capitaine avec sa femme et sa fille. Cette maison était cachée dans un fourré de verdure entourée de toutes parts de buissons fleuris et d'arbres verts ; des petits chemins tortueux circulaient autour, et le chant des oiseaux était le réveille-matin des hôtes de la maison.

Ce jour-là, Eglantine était triste.

— Papa, disait-elle, n'irons-nous pas

voir un peu la fête ? si maman avait voulu pourtant ! j'étais invitée au bal de la préfecture ; on dit que ce sera bien beau !

— Bah ! bah ! disait le capitaine, ma pauvre enfant, un bal ! je me moque pas mal d'un bal !

— Oui, vous, papa, disait l'enfant ; mais pour moi, pensez donc quel bonheur ! je n'aurais pas fait beaucoup de dépenses ; allez, papa, je ne suis pas bien coquette.

— Chère petite, murmurait le capitaine, elle croit que la coquetterie consiste à mettre une bouffette de rubans de plus ou de moins ! la belle affaire !

Alors, le capitaine se levait, et du seuil de sa porte regardait au loin sur la route.

— En vérité, disait sa femme, vous avez l'air d'un vieux fou, et avec un petit sourire elle tapotait du doigt l'épaule du capitaine.

Rien ne paraissait sur la route et le capitaine rentrait avec un soupir en disant à sa fille :

— Un bal, la belle affaire! ma pauvre enfant, je me moque pas mal d'un bal!

L'enfant soupirait sans répondre, et le silence se faisait.

Puis le capitaine courait de nouveau à la porte.

Enfin, il rentra avec un visage radieux en disant :

— Je crois que le courrier m'apporte les graines que j'ai demandées.

Le courrier entra en effet et déposa dans la chambre une boîte de bois blanc.

— Églantine, dit le capitaine, aide-moi donc? donne-moi le marteau.

Et le capitaine fit sauter une planche, puis deux, puis trois, et il les passait à sa fille.

La caisse était découverte, un papier blanc satiné en recouvrait le contenu.

— Pose tes planches, dit le capitaine, et

faisant les contorsions d'un homme qui soulève un lourd fardeau, il sortit de la caisse
une robe de tulle blanc, légère comme une
vapeur.

Le capitaine n'avait rien voulu profaner ;
tout était blanc, la robe, la couronne de roses,
les souliers, les gants, l'éventail de plumes
était blanc aussi.

Une seule chose était rouge, c'était un petit
collier avec une croix de corail.

Églantine sautait, riait, dansait, embrassait son père.

— Que vous êtes bon, papa ! disait-elle,
puis elle embrassait sa mère :

— Maman, quel bonheur !

— La, la, la ! la belle affaire ! disait le
capitaine.

Et, sortant de l'armoire son habit noir et
sa cravate blanche de *bourgeois* :

— Allons, disait-il à sa fille, c'est à mon
tour, il faut astiquer mon fourniment et nous

allons partir ; j'ai demandé une voiture, nous arriverons là vers minuit, heure militaire. Tu resteras là une heure, et nous reviendrons ; et tu auras été au bal, au bal, la belle affaire !... Et tiens ! nous y resterons deux heures s'il le faut, et nous serons ici au soleil levant, en avant, marche !...

Le bal de M. le Préfet s'ouvrit à neuf heures avec tout l'éclat désirable : les dames de la ville s'étaient mises en grands frais de toilette, et de tout côté miroitait le satin. Les diamants eux-mêmes étincelaient sur les robes de velours, dont quelques vieilles femmes maigres s'étaient parées. Le tulle, la gaze, la soie, les fleurs, s'étalaient et tourbillonnaient partout ; mille parfums se mêlaient ; des regards et des sourires se croisaient en tous sens. L'éclat du lustre et des bougies aurait fait pâlir le soleil lui-même, et les parfums du petit jardin entraient en dépit de tout par les fenêtres ; les lanternes de couleur pendues au mur se voyaient de loin, c'était superbe !

Déjà les danseurs en nage réclamaient un peu de repos, les tables de jeu envahissaient jusqu'aux abords de la salle de bal, les danseuses hors d'haleine prenaient des glaces et repartaient de nouveau, les fleurs écrasées s'aplatissaient sur la gaze déjà éraillée, et les fleurs *naturelles* dont s'était coiffée madame la Préfette s'affaissaient flétries sur son corsage et ses cheveux.

Les pendules avaient été arrêtées par les soins du Préfet lui-même, et les contrevents fermés dans la crainte de la fraîcheur de la nuit. Les parquets étaient poudreux, les bougies déjà basses, quelques rubans et quelques fleurs arrachées en dansant se traînaient sur le parquet, foulées aux pieds des danseurs fatigués. Tout à coup Églantine entra, fraîche, radieuse, étonnée, toute rose de surprise et de joie. Sa robe, toute blanche comme un flo-

con de neige, s'agitait doucement autour d'elle ;
sur ses cheveux relevés en bandeaux, se dressait, placée un peu haut, une couronne de roses
blanches. Ses petits pieds, chaussés de satin
blanc, s'avançaient timidement, et à son cou
à peine découvert tremblait la petite croix de
corail rose. Elle était au bras de son père, et
se pressait un peu contre lui. Car, à sa joie et
à son étonnement se mêlait un peu de peur...

Une impression de fraîcheur se fit sentir
dans cette cohue ; les femmes, affaissées sur
elles-mêmes, se redressèrent, et de leurs mou-
choirs garnis essuyèrent la poussière et la
moiteur de leur visage ; les hommes insou-
ciants et fatigués, tournés vers les tables de
jeu, revinrent à leurs danseuses, et tout reprit
un nouveau mouvement.

Églantine dansait légère, les yeux baissés,
émue, tremblante, presque pâle, et des grou-
pes se formaient pour la voir.

L'orchestre ne s'arrêtait plus. Les heures

passaient, et le capitaine, heureux du bonheur de sa fille, restait toujours. Il semblait
aux danseurs que le bal n'avait commencé
qu'à l'arrivée d'Églantine.

Des toilettes fanées, flétries, froissées,
s'agitaient autour d'elle. Bientôt elle s'y
trouva mêlée, confondue, tournoyant dans
la foule des autres danseurs, et fatiguée, elle
pensa au retour. Mais on dansait toujours,
et elle cherchait toujours le plaisir qu'elle
s'était promis.

L'éternelle redite de la conversation tombait sur elle comme une parole de mort; et
bientôt, sans cesse emportée par un nouveau
danseur, elle éprouva une épouvantable horreur, une horreur flasque, vague, presque
inconsciente; elle en arriva à ne plus distinguer les personnes dans cette foule, tout s'ef-
façait, pour ne laisser place qu'aux danseurs;
et, insouciante d'elle-même, ballottée de l'un
à l'autre, mais étourdie de bruit et de lumière,

6*

elle dansait, dansait, dansait toujours, enivrée
d'un ennui immense, d'une horreur sans nom
et tourmentée d'une peur terrible dont elle
ne connaissait ni la cause ni le nom, comme
si l'ombre d'un monstre inconnu s'était pro-
jetée sur sa robe blanche.

Il fallut enfin partir.

La parure légère, mais froissée et pou-
dreuse, d'Églantine se cachait sous un lourd
manteau ; sa couronne de roses blanches, fanée
désormais, avait disparu sous une capote noire
profonde. Son visage était pâle, et ses yeux,
accoutumés depuis quelques heures à la lueur
rouge et fausse des bougies, se fermèrent,
éblouis par l'éclat du soleil. Car, hélas ! l'heure
avait été oubliée, le soleil était levé ; c'était
au mois de mai, il était six heures du matin,
et au moment où fatiguée, écrasée, endormie, elle montait en voiture, l'*Angelus* sonnait.

Sur sa route, tout était au réveil, l'heure
n'avait point été oubliée : on avait dormi sous

les buissons, dans les nids ; tout était frais
et rajeuni. Sous les haies vertes couraient en
murmurant de petits ruisseaux limpides ; les
oiseaux sautaient en chantant d'une branche
à l'autre ; l'aubépine s'ouvrait, pleine de parfums, au bord des chemins ; le cerfeuil sau-
vage ouvrait ses petites fleurs roses parfu-
mées ; la rosée étincelait partout ; les blés
verts se balançaient au souffle léger du matin
avec un froissement doux, si doux, si doux,
que ce bruit remplace le matin le chant du
rossignol le soir, et l'alouette s'éveillait au-
dessus. Au loin, le chant du coq répondait
au bêlement de l'agneau, le mugissement des
bœufs à la voix de l'homme, le bourdonne-
ment des abeilles accompagnaient le chant
de la fauvette, et tous ces bruits formaient
ensemble le plus admirable concert du monde,
bruit confus, plein d'harmonie divine, que les
oreilles entendent à peine, mais que le cœur
connaît et comprend et dont il ne peut se

lasser. Voix immense du monde, immense
échelle d'harmonie, qui trouve peut-être sa
dernière note dans l'*Alleluia* des anges devant
le trône du Dieu vivant.

Églantine n'entendait rien ; pour la première fois peut-être, le matin passait pour
elle inaperçu. Sa tête appesantie ballottait
avec fatigue dans le coin du cabriolet qui portait les dépêches.

Au tournant de la route, son père la réveilla ; ils quittèrent la voiture et prirent à
pied les petits chemins qui conduisaient à
leur maison.

Quand l'enfant se vit ainsi à l'éclat du soleil levant, quand, au milieu de toute la fraîcheur des buissons, elle considéra sa toilette
fanée, son visage pâli, ses cheveux poudreux,
et qu'elle sentit ses lèvres, altérées encore,
poisseuses et collantes des *rafraîchissements*
du bal, l'impression de la flétrissure se fit
sentir à elle : elle eut honte de ses yeux appe-

santis par le sommeil, de sa fatigue, de ses frissons, un malaise étrange s'empara d'elle, elle se serra contre son père avec une peur réelle, la vraie peur dont elle n'avait senti que la menace en entrant au bal.

L'enfant était si pure, que le bal n'avait fait sur elle que l'impression de la peur.

Elle baissa les yeux.

A ses pieds, une rose blanche, cueillie la veille, gisait par terre au bord du petit chemin : elle était déjà fanée, un peu souillée de boue, et une large limace traînait sur elle sa bave gluante.

Les yeux rougis d'Églantine se gonflèrent et deux lourdes larmes tombèrent de ses yeux sur cette rose blanche, si fraîche hier...

Elle crut se reconnaître, et elle pleura.

Une heure après, la flamme du foyer de la petite maison du capitaine emportait dans son tourbillon le tulle léger de la robe d'Églantine.

Elle avait tout raconté à sa mère, son
étourdissement et sa peur, et elle regardait
brûler sa parure en riant à travers ses larmes; la robe de tulle avait été remplacée par
une robe de guingamp rose toute bouffante et
toute roide, et le visage d'Églantine, baigné
dans l'eau du puits, éclatait de fraîcheur
sous ses cheveux relevés en torsade sur sa
tête. Elle riait, elle pleurait, l'enfant, puis
elle riait encore, en disant :

— Si vous saviez, maman, c'est bien drôle,
mais, vrai, bien vrai, j'ai eu peur.

Le capitaine, en voyant brûler la charmante parure de la veille, se grattait la tête
en disant :

— Les femmes, la belle affaire! on ne peut
jamais savoir les idées que cela a dans la tête.

Voilà toute mon histoire. Elle contient un
grand drame, tout le drame de la vie. J'aurais pu faire de cela un gros livre, mais à

quoi bon? Mon gros livre ne vous aurait rien appris de plus, et peut-être, certainement même, vous ne l'auriez pas lu jusqu'au bout.

Heureusement, heureusement qu'Églantine avait eu peur.

Cette peur lui permit de revenir à sa première fraîcheur. Ayant eu la sagesse d'avoir peur de l'ombre, elle n'aperçut même pas les pattes noires du monstre qui en a dévoré tant d'autres. Elle recula avant d'être tombée, avant le vertige, avant la chute.

Par la suite, elle trouva dans ce souvenir un enseignement pour la conduite de sa vie.

— Par respect pour la vie, disait-elle à ses enfants, ne prolongez pas la nuit sur les heures du matin, car, si vous perdez la fraîcheur, l'ardeur du jour vous accablera et la majesté du soir vous sera refusée!

Elle ajoutait :

— Le matin est espérance.

Le milieu du jour est ardeur.

Le soir est repos.

Les uns prirent ceci à la lettre, et les autres comprirent mieux.

Les premiers regardèrent la terre et furent laboureurs, les autres le ciel et se firent moissonneurs, moissonneurs de la magnifique moisson pour laquelle il y a si peu d'ouvriers.

LES AMOURS

DE FANCHONNETTE

Sur la pente de la colline, au détour du chemin, à l'ombre, derrière les saules, il y a une chaumière.

C'est la maison de Fanchonnette.

Elle est née là au mois de mai, un jour que le rossignol chantait, et que devant la porte, l'aubépine ployait ses branches sous le poids des fleurs.

Censément, disait la mère de Fanchonnette, comme neige de printemps.

Miro avait bien vu que quelque chose se
passait dans la maisonnette, et quand l'enfant avait vagi dans le berceau, il avait jappé
à l'entour, et pour le faire taire il avait fallu
lui montrer Fanchonnette.

A la manière dont Jean - Louis tenait la
petite fille, Miro avait bien compris qu'il fallait aimer l'enfant.

Dans un langage sans parole le chien avait
dit sa tendresse. Il avait gémi doucement en
léchant les mains de la petite fille. Et Fanchonnette n'avait pas pleuré quand la grosse
tête du toutou avait caressé son épaule.

Quand la mère dormait, Jean-Louis mon-
trait sa petite fille à Miro, et quand on fermait
les petits rideaux du berceau de Fanchonnette, Miro courait devant la porte, jappait
aux poules et aux moineaux et se roulait dans
l'herbe fraîche.

Tandis que Fanchonnette grandissait, Miro vieillissait à son service se laissant pincer les oreilles, tirer la queue, mordre le nez.

Jamais il ne s'était vu deux amis plus tendres, plus dévoués, que Miro et Fanchonnette.

Miro défendait son amie contre les gamins du village.

Ce que Fanchonnette aimait par-dessus tout, c'était de prendre Miro par le cou, et de s'endormir avec lui, sur la paille, dans la grange, ou de courir dans les sentiers, ou de monter jusqu'au grenier, en riant, en faisant tapage.

L'autre ami de Fanchonnette, c'était Coco, son âne gris, et puis Mignonnette, sa colombe blanche.

C'était sur le dos de Coco qu'on allait à l'autre village voir la tante et les amis, le dimanche après vêpres.

Miro vivait avec l'âne gris dans une amitié parfaite.

Fanchonnette était toute rose et toute blanche. Elle riait à Marie-Jeanne, à Jean-Louis, à Miro, à son âne gris, et à sa colombe blanche

Et Marie-Jeanne et Jean-Louis riaient d'un rire admirable quand ils voyaient : Fanchonnette sur Coco, et Miro sur Fanchonnette, et la colombe sur Miro.

Un jour, tout changea dans la maisonnette.

Fanchonnette avait onze ans, douze ans bientôt, sa première communion était faite.

Un soir, Marie-Jeanne se coucha, elle était pâle et toute tremblante.

Miro ne joua plus avec Fanchonnette, il sauta sur le bord du lit, il se coucha près de Marie-Jeanne avec des yeux jaunes tout attristés.

— Qu'as-tu, maman, disait l'enfant, pourquoi es-tu toute blanche?

— C'est, dit Marie-Jeanne, que je vais retourner à Dieu.

Le médecin vint, puis le curé du village,

et quelques jours après, Marie-Jeanne s'évanouit pour toujours, dans les bras de Jean-Louis et de Fanchonnette.

Miro se cacha longtemps sous le lit, puis il caressa tristement Fanchonnette et Jean-Louis.

Fanchonnette pleurait, son petit cœur se fendait. Plus de mère, quelle tristesse! le lait du matin et du soir, la petite couchette blanche, les caresses, les histoires, tout cela était parti!

— Viens, Fanchonnette, que je te parle, dit Jean-Louis, te voilà grande. Regarde, voilà nos amis, Miro, l'âne gris, la colombe. Aime-nous bien, soigne bien tout, sois la maîtresse dans notre héritage.

Et pour la première fois, Jean-Louis pleura, depuis la mort de sa femme.

Fanchonnette devint raisonnable.

C'était elle qui au logis mettait toute chose à sa place, lavait le linge et les habits, faisait la soupe, et mettait la nappe blanche les jours de fête et de gala.

Jean – Louis pleurait encore quelquefois, mais il aimait tant Fanchonnette, Miro, l'âne gris, la colombe, que les sourires étaient revenus.

Un jour il dit à Fanchonnette :

— Sais-tu, Fanchonnette, que te voilà sur tes quinze ans ?

— Oui, mon père, dit l'enfant voilà que je suis grande

Il y eut un silence.

Après un moment, Jean-Louis ajouta :

— Tu connais bien Baptiste, le fils d'Anne La Falourde ?

Fanchonnette pâlit un peu en disant :

— Baptiste ?

— Oui, Baptiste ?

— Le fils de La Falourde ? dit encore Fanchonnette.

— Oui, le fils de La Falourde, celui qui est

en condition, sur les fermes de Chaumont.

— Sur les fermes de Chaumont? dit Fanchonnette.

— Oui.

— En condition ?

— Oui, enfin, le connais-tu ?

Fanchette tira son aiguille deux fois plus vite, en disant :

— Il passe quelquefois dans le fond de nos herbages.

— Mais enfin, tu le connais bien, dit Jean-Louis, tu jouais encore avec lui, il n'y a pas deux campagnes.

— Oh ! oui, dit Fanchonnette, qui posa vivement sa couture pour courir après une poule qui se sauvait par les jardins, sans doute.

— Une fille de quinze ans, se dit Jean-Louis, c'est plus volage qu'un oiseau. Elle a déjà oublié Baptiste.

Puis Jean-Louis prit ses sabots et entra chez sa voisine.

Sa voisine, c'était Jeannette, une femme de soixante ans qui avait été belle dans sa jeunesse, qui avait perdu tous ses enfants. Une femme craignant Dieu, toujours calme et paisible, disait Jean-Louis, pour ce qu'elle était en l'attente du paradis.

— Voyez-vous, Jeannette, lui dit Jean-Louis, j'aurais bien voulu marier Fanchonnette. Me voilà sur les âges. Le trépas peut venir ; que ferait ma pauvre fillette, sans père ni mère, toute jeune comme la voilà ?

J'avais bien pensé à Baptiste, le fils de La Falourde, mais Fanchonnette ne l'aime pas. Pour un brin de temps qu'il est en condition, sur les fermes de Chaumont, elle l'a mis en oubliance.

— Mais, dit Jeannette, il passe souvent dans vos herbages ; hier encore, en passant, il lui a dit : Bonjour, Fanchonnette.

— Eh bien, dit Jean-Louis, Fanchonnette ne l'aime pas ; quand il passe, elle rentre aus-

sitôt, s'il entre à la maison, elle court au plus
vite à ses vaches, à ses poules, à ses pigeons.
Un jour pourtant il m'a dit : Fanchonnette est
bien avenante.

Jeannette était une femme d'expérience.

— Tenez, dit-elle à Jean-Louis, voilà
Baptiste qui passe et Fanchonnette qui se
cache derrière la haie, dans les buissons.

— Je vous le disais bien, Jeannette!

Jeannette reprit son rouet, en souriant, en
baissant la tête, et elle dit à son voisin :

— Il ne faut pas forcer la jeunesse. Laissez
faire, Jean-Louis, Fanchonnette se mariera;
avec Baptiste, peut-être?

— Oh! non, dit Jean-Louis, Fanchonnette
ne l'aime pas.

Si Jean-Louis avait pu voir la figure de
Jeannette quand il s'en retourna tristement,
il aurait souri peut-être.

Il aurait souri certainement.

Un jour, Jean-Louis rentra tout accablé de

6**

fatigue, et puis il se coucha, sans avoir fumé sa pipe.

Fanchonnette eut peur.

— Il est blanc comme ma mère, pensa-t-elle en se couchant. Puis en rêve elle vit les herbages, et Baptiste qui passait au bas, et les saules, et les moutons qui passaient dessous, avec les poules et les oiseaux.

Miro était devenu vieux, il se chauffait au foyer ou au soleil devant la porte. Il aimait toujours Fanchonnette. Mais l'âne gris n'y était plus. Il était mort depuis un an.

Il y avait encore la colombe.

Le lendemain de ce jour-là, Jean-Louis ne se leva pas. On aurait dit qu'il avait comme une espérance. Il répétait son Pater, son Ave, son Credo, et puis encore quelquefois il disait : Marie-Jeanne ! Puis, enfin, il ouvrit les yeux, et appela à lui Fanchonnette.

— Aime-le bien, dit-il à l'enfant sur un ton de mystère.

— Qui? Baptiste? dit Fanchonnette.

— Oui, dit Jean-Louis.

— Le fils de La Falourde?

— Oui.

— Qui est en condition?

— Oui.

— Sur les fermes de Chaumont?

— Oui.

— Dormez, mon père, dit Fanchonnette.

Le vieillard ferma les yeux en disant :

— Sainte Vierge! mon Dieu, puis il ajouta:

— Marie-Jeanne!

En ce moment le curé entra, il apportait les sacrements.

Après cela, Jean-Louis bénit sa fille, et puis après il rendit l'esprit.

Miro n'avait pas quitté la couchette du bonhomme, depuis qu'il était là. Puis enfin quand il n'y fut plus, le pauvre Miro mourut, en léchant les mains de Fanchonnette.

Il ne restait que la colombe.

Fanchonnette la prit sur son doigt, la caressa, la baisa, et lissa son plumage, puis elle
lui dit :

— Regarde, ma mignonnette, nous sommes
seules à la maison, tous ceux que j'aimais sont
partis. Marie-Jeanne, Jean-Louis, Miro et
notre âne gris. Vois, sur ce loquet, la trace
des doigts de mon père. Voici la chaise de ma
mère, voici la niche de Miro et voici l'écurie
de Coco. Nous sommes seules sur la terre !

La colombe roucoula.

Alors Fanchonnette pleura.

Dans tout le canton on disait :

— Comme Fanchonnette est sage ! elle est
douce aux petits enfants. Elle est douce aux
vieilles gens. Elle soigne son héritage aussi
bien que pas un de nous.

Déjà la voisine, Jeannette, était venue, pour
ses amis, la demander en mariage, et Fanchonnette avait répondu :

— C'est trop tôt de deux ans au moins, ma voisine.

Quand elle était dans son jardin , et que Baptiste traversait les herbages, du plus loin qu'elle le voyait, vitement elle se cachait.

Mais Baptiste qui le savait, malicieusement lui criait :

— Bonjour, Fanchonnette.

Un jour il la rencontra dans un pré. En la voyant il se sentit faible , il pâlit, il se troubla , et Fanchonnette se sauva comme une coupable.

Depuis, Fanchonnette ne vit plus passer Baptiste dans les herbages.

Un jour, Jeannette, sa voisine, lui dit :

— Ma fille, Baptiste est parti.

Fanchonnette devint toute pâle, et depuis, jamais plus ses couleurs ne sont revenues.

Il y avait trois ans de cela.

Fanchonnette pensait souvent à Marie-Jeanne, à Jean-Louis, à Miro, à son âne gris.

6***

Elle avait toujours sa colombe, et quelquefois elle lui disait :

— Baptiste est au régiment, Mignonnette; ma Mignonnette, il reviendra dans quatre ans!

C'était au temps des grandes guerres.

Voici qu'un jour Fanchonnette apprit qu'un régiment avait péri.

A partir de ce jour-là, Fanchonnette n'eut plus ni sourires, ni larmes, et même elle ne parlait plus à Mignonnette, sa colombe.

Mignonnette s'attrista : elle devint toute grosse.

Puis un soir, quand Fanchonnette rentra, elle ne trouva plus son amie.

Mignonnette était partie.

Les commères du village disaient :

— Fanchonnette n'aime aucunes gens. C'est un cœur tout endormi, elle n'a aimé que Marie-Jeanne et Jean-Louis, Miro et son âne gris, et puis après sa colombe.

Assise devant sa porte, souvent Fanchonnette pensait qu'on ne peut vivre sans amour.

Or, un jour qu'elle revenait vers l'église pour le salut, c'était sur le tard, le rossignol chantait. Elle aperçut sous une aubépine un vieil homme qui se plaignait. Il était sale et misérable.

— La charité, s'il vous plaît !

— Venez, lui dit Fanchonnette.

Elle l'aida à se relever. Puis ils marchèrent jusqu'à la maisonnette. Là Fanchonnette le coucha, dans son grand lit, dans ses beaux draps.

Puis alors elle l'entoura de soins, d'amour et de caresses.

Puis elle alla chez ses voisins et leur dit :

— Jésus-Christ est mon hôte.

Depuis ce jour, dans le canton, quand les vieillards disaient : Fanchonnette, — ils soulevaient leurs chapeaux.

Quand elle se levait, Fanchonnette allait au grand lit, et disait :

-- Bonjour, mon père.

Un jour le vieillard lui dit :

— Fanchonnette, vous êtes bénie, vous serez heureuse en ce monde.

Fanchonnette lui répondit :

— Baptiste est mort dans les armées, et ma colombe est partie.

— Je vais mourir, dit le vieillard, fermez-moi les yeux, Fanchonnette.

Fanchonnette se mit à trembler, puis elle se mit à prier, pour le pauvre qui trépassait. En ce moment le rossignol chantait, et la lune était levée.

Tandis que Fanchonnette priait, on entendait dans le sentier un pas vif, fort et léger, — le pas militaire.

Fanchonnette se leva et fit le signe de la croix, puis écouta toute tremblante.

La porte s'ouvrit toute grande, et puis Baptiste parut.

Baptiste était revenu.

Tous les voisins accoururent.

Devinez ce qui arriva.

Perchée sur le vieux Christ de bois, que trouva-t-on ?

— La colombe blanche.

La voisine, la vieille Jeannette, pour la voir, mit ses lunettes sur son nez.

— Dieu, dit-elle, elle est rentrée, par la fenêtre sans doute.

Maintenant, voyez ce petit enfant, que berce la vieille Jeannette.

C'est le fils de Fanchonnette !

LES VOIX MYSTÉRIEUSES

CONTES DE NOEL.

LES VOIX D'EN BAS

PREMIER CONTE.

— Permettez-moi de vous dire, ma chère,
disait un homme d'une quarantaine d'années
à une jeune femme blonde et fraîche, enfoncée
et roulée plutôt qu'assise au fond d'un vaste
fauteuil de velours bleu, que vous devriez

endormir vous-même votre enfant. Je vous
assure que rien n'est plus malsain pour ces
petites créatures que de s'endormir bercées
par les propos fort malséants, vous pouvez le
croire, des gens de l'office.

— Mais, Monsieur, dit la jeune femme
qui se nommait Armande, j'ai à mes gages
une nourrice, une femme de chambre et une
bonne d'enfant ; il me semble que c'est afin
de me dispenser de remplir à moi seule ces
trois fonctions.

— Mais avez-vous aussi à vos gages une
mère pour vous remplacer, et vous éviter cette
quatrième fonction, que vous trouvez, il me
semble, tout aussi pénible que les trois
autres ?

— Ma foi, Monsieur, depuis notre mariage, je ne vous ai jamais vu comme ce
soir.

— C'est que ce soir, c'est le soir de Noël,
ma chère, et que malgré moi je pense à la

Vierge, qui endormait sans doute elle-même l'Enfant Jésus !

— C'était la Vierge, monsieur ; et permettez-moi de vous dire que je ne lui ressemble pas, pas plus que vous ne ressemblez à saint Joseph. Je ne pense pas non plus que monsieur votre fils ressemble jamais au Dieu fait homme ! J'en suis fatiguée ; il a hurlé et vociféré toute la journée, il a griffé sa bonne et moi par-dessus le marché. J'ai la tête fendue des cris qu'il a poussés.

M. de Vitalys se leva, et ayant parcouru un instant la chambre de sa femme avec une certaine agitation, il lui dit :

— Je vois, ma chère, que vous êtes à l'orage ; j'étais venu dans une autre intention que celle de me disputer avec vous. Bonsoir donc, je vous quitte.

Et il sortit.

La jeune femme regarda sortir son mari, fit un mouvement pour le retenir, mais elle

7

entendit près d'elle une voix qui lui dit :
Reste ! et elle resta.

— Madame, dit en entrant la femme de
chambre, il est impossible de faire taire
M. Armand ; il n'a pas déragé depuis ce matin,
ainsi !...

— Il aura le fouet, dit Armande qui se
leva avec colère, irritée qu'elle était de n'a-
voir pas retenu son mari ; c'est bien dommage, ajouta-t-elle, que M. de Vitalys ne soit
pas resté pour me voir dans l'exercice de mes
fonctions maternelles !

Puis Armande se rassit, la femme de
chambre posa sur la cheminée deux lampes
allumées et se retira.

La voix qui avait dit à Armande : Reste,
lui dit alors :

— C'est triste le soir, quand on le passe
seule près du feu ; les salons se remplissent
en ce moment ; tu es blonde... on danse...

Armande sonna et dit :

— Amenez Armand, je vais essayer de l'endormir.

Armand montra derrière sa bonne une jolie figure rose tout en larmes.

— Voyons, dit Armande, tu te comportes donc comme un bandit ? Viens, je vais te chanter une chanson.

L'enfant approcha en souriant, et Armande le prit dans ses bras.

— Eh ! dit la voix, qu'il est lourd et barbouillé !

— C'est égal, dit Armande, qui chanta.

— Oh ! dit la voix qui parla plus haut, que c'est bête un enfant, et lourd et méchant. Voilà la musique du bal, je l'entends...

— Qui donc, dit encore la voix, y sera ce soir la plus belle... et la plus aimée... et la plus admirée, la plus enviée... enviée ?...

Armande alors se leva, posa l'enfant endormi sur un fauteuil. A la lueur incertaine des lampes qui baissaient, elle étendit sur

son lit des flots de soie bleue, des flots de
blondes, des rubans, des fleurs, des bijoux ;
les lampes étaient prêtes à s'éteindre et Armande se pressa, se revêtit de sa parure
bleue, qu'elle admirait ; ses mains tremblantes attachaient les rubans et les fleurs.
Les lampes baissaient toujours ; Armande
voyait à peine sa parure, mais la blancheur
de ses épaules et de ses bras l'éblouissait.
Aux lumières, se disait-elle, je serai resplen-
dissante.

— C'est drôle, dit la femme de chambre,
qu'aux lumières une toilette de bal soit si
belle et qu'à la lumière, là, madame, je veux
dire au soleil, ce soit si laid.

Armande ne répondit pas, mais elle s'assit
près de son fils endormi.

— Tu n'as rien à faire près d'un enfant
qui dort, dit la voix, laisse-le à ses rêves. Tu
as fait ton devoir, va à tes plaisirs.

Armande se leva et prit son éventail.

— Quel malheur, dit-elle, que le devoir ne soit pas le plaisir !...

— Tu plaisantes, dit la voix, le plaisir est un devoir. Oui, oui, répétait-elle en ricanant, c'est une vérité, cela, le plaisir est un devoir. Fourier l'avait deviné, ma mignonne, mais je lui ai expliqué cela à ma façon, comme à toi, ma chère, comme à toi... Le pauvre homme !...

— Il dort, dit Armande à sa femme de chambre, ne le quittez pas, il pourrait tomber dans le feu.

Ayant ainsi laissé à une autre le soin de ce qu'elle devait faire, Armande partit.

Au cinquième étage de la maison où ceci se passait, dans une petite chambre sous les combles, une autre jeune femme berçait aussi un enfant.

Tout à coup un pas leste et fort se fit entendre dans l'escalier et avant qu'Annette ait

eu le temps de se lever, un jeune homme proprement vêtu entra ; une blouse de toile bleue
recouvrait sa veste de drap.

— Preste, dit-il, soupons, ma fille ; il y a
du travail de nuit aujourd'hui.

— Que c'est ennuyeux, dit Annette, je
voulais fêter avec toi la Noël. J'avais là un
petit souper qu'il n'aurait pas fallu manger en
courant...

— Ces rédacteurs de journaux, dit Pierre,
ça ne fait attention à rien, ma parole d'honneur ! Ils envoient leur copie trop tard et
puis... débrouille-toi ! il faut le journal pour
demain... Alors, ajouta Pierre en voyant la
tristesse de sa femme, je vais prendre seulement un doigt de vin avec une bouchée de
pain... le travail sera fini à minuit, et je
viendrai faire réveillon avec toi.

La jeune femme lui sauta au cou en disant :

— C'est cela ! le petit est endormi, ajouta-t-elle, nous le réveillerons, il soupera avec nous, apporte-lui une orange.

— C'est fait, dit le jeune homme, qui souleva sa blouse et tira une orange de sa poche.

— Dis, si tu veux, à Jean Fatigneau de venir avec toi, cria la jeune femme à son mari qui descendait, il amènera sa femme et nous souperons ensemble après la messe.

— Convenu ! cria la voix sonore de l'ouvrier, attends-nous.

La jeune femme rentra dans la chambre ; l'enfant s'était éveillé. Annette le prit sur ses bras et se mit à le bercer en marchant.

Une voix se fit entendre, qui dit :

— C'est pourtant bien rude de travailler toute la nuit, de n'avoir pas un moment de repos.

La jeune femme soupira, et, regardant autour d'elle, elle dit :

— Ici, depuis cinq ans, j'ai été bien heureuse.

— Tu n'as pourtant pas grand'chose dans
ton ménage, ma chère, dit la voix...

— Mais, dit la jeune femme, j'ai la paix ;
nous nous aimons Pierre et moi, et voilà mon
petit enfant. C'est aujourd'hui la Noël, nous
allons fêter la naissance de l'Enfant Jésus.

— Crois-tu, dit la voix, que cela te sert à
grand'chose d'être leste et jolie, si tu restes
là sur tes tisons à attendre un ouvrier.

— Hé bien, après, dit Annette, que veux-
tu dire, un ouvrier? Il est courageux, il est
sage, il travaille et j'épargne. Nous nous aimons. Voilà mon petit enfant; et nous allons
fêter la naissance de l'Enfant Jésus, le Fils
de Dieu et le fils du charpentier.

— Il y a bien des hommes élégants et parfumés, dit la voix, qui te baiseraient la main
si tu voulais... Regarde donc tes yeux noirs.

— Je sais bien que j'ai les yeux noirs,
Pierre me l'a dit cent fois; quand il a eu du
chagrin, il les a vus pleins de sourires ; quand

il a eu de la joie, il les a vus calmes et graves. Je n'ai fait qu'un avec lui depuis cinq ans que je suis sa femme. C'est dans les yeux noirs dont tu parles qu'il a puisé le courage dans les mauvais jours, parce que ces yeux reflétaient la paix de mon âme. Je l'ai ramené à Dieu, qu'il avait oublié, et aujourd'hui nous nous aimons comme il faut, dit Annette sans se rendre compte de la portée de ce mot.

—· Jésus, qui êtes né dans une étable, dit-elle encore en déposant dans le berceau son enfant endormi, protégez mon petit enfant, gardez Pierre comme vous l'avez gardé jusqu'à ce jour et que votre volonté soit faite. Puis, s'étant assise près du berceau, sa tête se pencha et fermant les yeux, elle s'endormit sur un coin de l'oreiller où dormait son fils, au moment même où Armande montait en voiture.

Tandis que celle-ci fuyait sa maison, son

fils et son mari pour aller danser, Annette
commença un rêve.

Armande arriva au bal et un murmure flat-
teur l'accueillit à son entrée. Elle ne s'était
pas trompée, elle était éblouissante. Elle parcourut ce salon où elle était la plus belle et
fut ensuite s'asseoir froidement. Au départ,
son cœur battait avec force. Ici elle ne sentait
plus les battements de son cœur. Elle dansait, mais il lui semblait que ce n'était pas là
le plaisir qu'elle était venue chercher. Il lui
semblait que ce plaisir était à la surface, et
elle aurait voulu plonger jusqu'au fond, mais
le fond l'épouvantait.

La danse, les lumières, la musique, les parfums, tout cela ne la satisfaisait pas; il lui
semblait que ce n'était qu'un voile. Elle aurait
voulu déchirer ce voile et prendre tout ce
qu'il cachait, mais ce qu'il cachait lui faisait
peur, il lui semblait derrière entendre des

cris et voir du sang... Un tourment vague l'agitait, et quand les dernières bougies s'éteignirent, elle se demanda ce qu'elle avait laissé en échange de ce qu'elle n'avait pas eu. Il lui sembla qu'elle avait approché ses lèvres d'une coupe vide qui lui avait semblé pleine, et elle sentait que, pleine, cette coupe l'eût empoisonnée jusqu'à la mort. Un frisson la parcourut.

— Le mal n'est pas grand, dit-elle, je me serais autant ennuyée chez moi, et d'ailleurs, qu'y aurais-je fait?... Courez, dit-elle, au cocher, j'ai froid.

Armande avait senti, sans s'en rendre compte, que si on s'ennuie au bal, c'est que le bal trompe; il offre comme un plaisir, l'avant-goût d'une chose qu'il ne nomme pas et qu'il ne donne pas, car s'il donnait cette chose qu'il cache, pas une femme n'y entrerait. Il promet l'orgie, et l'orgie, si on va jusqu'au bout, conduit au suicide. On

entre au bal sur un mensonge. Il vous dit :
venez vous amuser, et il vous offre comme
plaisir l'avant-goût du désordre et de la
mort.

Quant à Annette, il lui sembla qu'avec
Pierre elle parcourait des jardins inconnus,
admirables, chargés de fleurs éblouissantes,
et cependant que ce jardin était contenu dans
sa petite chambre. Elle voyait sous un voile
blanc son petit enfant endormi, et elle vit
aussi qu'il avait au front une étoile brillante.
A la lueur douce de cette étoile elle aperce-
vait des choses merveilleuses : des arbres
d'une grâce et d'une force sans pareille chargés de fruits d'or, elle apprit que ces fruits
d'or étaient des fruits de patience ; des fruits
d'améthyste, elle apprit que ces fruits d'améthyste étaient des fruits de douceur et de
bonté ; des fruits de diamants, elle apprit que
ces fruits de diamants étaient des fruits de

pureté et de soumission ; des fruits de topaze,
elle apprit que ces fruits de topaze étaient des
fruits de réflexion ; des fruits de rubis, elle
apprit que ces fruits de rubis étaient des
fruits d'amour. Des ombres légères et char-
mantes circulaient au milieu de ces richesses ;
bientôt ces ombres prirent une forme plus
précise, et elle vit des ailes blanches et bleues,
des visages transparents et lumineux, et elle
reconnut les anges ; il y en avait qui étaient
assis au coin de son feu, il y en avait d'assis
à son ouvrage, d'autres s'abritaient sous les
rideaux blancs de son lit, d'autres étaient
assis sous la petite croix de bois abritée sous
le buis de la Pâque passée ; leurs voix har-
monieuses murmuraient à son cœur des paroles qu'elle n'aurait pu traduire, mais qui la
remplissaient d'une joie sans pareille, et il lui
semblait que toutes les paroles prononcées
par les anges sortaient des lèvres roses de son
petit enfant.

Armande remarqua, en descendant de voiture, la figure attristée de son valet de pied ; mais elle crut que cette expression était encore un reflet du bal qu'elle quittait ; le désordre et le tumulte qu'elle remarqua dans les escaliers et les antichambres ne l'étonna pas : c'était, à ce qu'il lui semblait, la suite naturelle de la soirée. Sa femme de chambre tout en larmes poussait des cris en se cachant la tête dans son tablier. Armande crut qu'elle rêvait, et elle entra dans sa chambre. Là, un homme qu'elle ne reconnut pas l'arrêta par le bras. Elle se laissa faire.

— N'entrez pas, madame, lui dit cet homme, votre fils est mort !

Armande le regarda un instant.

— Oui, oui, dit-elle en riant, mon fils est mort !

Et jetant de côté la pelisse fourrée qui la recouvrait, elle fit bouffer sa robe de soie. Puis elle secoua de la main ses dentelles, et rajustant les fleurs de sa coiffure, elle se mit à valser, entraînant avec elle l'homme qui lui avait dit : Votre fils est mort. Il lui sembla entendre des clameurs, des cris ; elle crut qu'on la poursuivait et tournant toujours, toujours plus vite, elle tomba enfin épuisée, haletante, près d'un homme qui pleurait tenant sur ses bras un enfant mort.

— Armande ! dit cet homme avec un cri déchirant en apercevant sa femme traînant après elle les lambeaux de sa toilette, les mains pleines de fleurs fanées.

— Allons, Monsieur, dit Armande, venez danser avec moi, fêtons ensemble la Noël. Voilà l'Enfant Jésus, dit-elle en cherchant à s'emparer de l'enfant que tenait son mari.

Mais celui-ci recula avec effroi et tomba évanoui entre les bras du médecin.

Au bruit que fit la porte en s'ouvrant, Annette se réveilla ; un rire frais s'échappa de dessous les rideaux du petit berceau, et un petit visage rose se montra sous la mousseline blanche.

— Ah ! dit la jeune femme en présentant l'enfant à son mari, voilà minuit, c'est la Noël !

— Tais-toi, ma fille, dit Pierre ; il vient d'arriver un grand malheur. Mme de Vitalys, tu sais, cette dame si riche et si heureuse, hé bien ! elle est allée ce soir au bal ; en partant, elle a laissé son fils endormi sur un fauteuil près du feu ; ce pauvre petit y est tombé, et il est mort. C'est moi qui ai été chercher le médecin. Quand M. de Vitalys est rentré et qu'il a trouvé son fils mort et sa femme absente, le pauvre monsieur s'est trouvé mal ; on a cru qu'il allait mourir.

— Et la mère ? dit Annette.

— Pour celle-là, c'est pire que tout, ma fille ; quand elle a vu tout cela, elle est devenue folle.

— Ce que c'est pourtant, dit Annette ; c'est peu de s'endormir près du berceau de son enfant, et c'est beaucoup ; il semble qu'on ne fasse rien, et si cette pauvre dame s'était endormie paisiblement, elle aurait sauvé la vie de son fils, le bonheur de son mari et sa raison.

Annette sentait que le bien et l'ordre naissent d'une suite d'actions par elles-mêmes sans éclat. Ce qui fait éclat, c'est le mal épouvantable qui naît de leur négligence.

Une cheville manque, et une machine à vapeur saute.

Une cheville, c'est peu de chose, mais la machine en sautant écrase cent personnes.

LES VOIX D'EN HAUT

DEUXIÈME CONTE.

———◆◇◆———

Sur le boulevard des Italiens, deux jeunes gens se rencontraient.

— Comme te voilà beau ! dit Paul.

— Mon cher, dit Pierre, figure-toi que je vais passer ma soirée en province... tu m'entends... rue Saint-Honoré, chez de bonnes braves gens tout fraîchement débarqués de Bretagne ; ils viennent ici, je pense, dans la louable intention de produire dans le monde et de marier, si c'est possible, une fille qu'ils ont et qui se nomme Franche. Ces bonnes gens se figurent qu'à Paris c'est la province en grand... C'est Noël, et ce soir on brûle chez eux la grosse bûche ; ils ont une ribambelle d'enfants : sept, huit, douze, je ne sais combien, et je vais ce soir les voir en famille se barbouiller de confitures.

— Je te plains, dit Paul.

— Que veux-tu ! dit Pierre ; je prends la chose du bon côté. Ce sera drôle au fond. J'en ferai une petite scène pour le *Figaro*, que les bonnes gens liront avec recueillement, et qui vous fera pouffer de rire au Café de Paris et ailleurs.

— Tu devrais m'emmener avec toi !

— Impossible, très-cher, les convenances avant tout. Je suis seul invité, et puis tu rirais trop ouvertement, toi. Figure-toi qu'au milieu du salon, il va y avoir ce que l'on appelle un arbre de Noël, c'est-à-dire un vieil arbrisseau tout sec, qui sert depuis vingt ans et qu'on remise dans le grenier. On l'a pieu-

sement apporté de province. Il sera couvert
de bougies allumées en guise de feuillage, et
au pied on y verra un enfant Jésus en cire,
qui ouvre les yeux et lève les mains au ciel
au moyen d'un mouvement de pendule. Un
saint Joseph de carton et une sainte Vierge
habillée en religieuse le contemplent avec des
yeux d'émail pleins d'admiration. Il y aura
aussi le bœuf et l'ane que l'on empruntera
pour un moment aux jouets d'un des enfants
qui seront bien fiers, je t'assure, de contribuer
ainsi à l'ornement de la crèche. Toutes ces
belles choses sont enfermées jusqu'au moment
où, sortant d'un terrible gala où nous aurons
siégé trois ou quatre heures, il nous sera enfin
permis d'entrer, conduisant par le bras avec
beaucoup de gravité Mlle Franche, coiffée en
bandeaux plats et parée de la première robe
de soie que sa mère lui ait permis de porter ;
ajoute à cela une profusion de cadeaux que l'on
se fera réciproquement au milieu d'un tumulte

plein de cérémonie et de compliments ; puis
les cris d'admiration des enfants ; le tout couronné par un superbe bracelet d'or que je vais
offrir à Mlle Franche... et qui fera sensation.
On est Parisien ou on ne l'est pas. Il faut se
montrer, que diable !... Voilà le bijou ; il me
coûte, ma foi, 150 francs, mais que veux-tu !
Mlle Franche est un peu ma cousine. En l'offrant, j'aurai le droit de l'embrasser sur les
deux joues, et je devrai entendre, dans une
attitude modeste, les reproches pleins d'encouragements que l'on me fera : Ce sont des
folies... ce n'est pas bien... Franche est trop
jeune pour porter de si belles choses, c'est
bon quand elle se mariera... tu comprends...
J'ai envie d'aller avec toi ; attends-moi chez
Francine, je m'échapperai aussitôt après les
encouragements, et je te rejoindrai, nous fe-
rons quelque chose... Nous rirons !

— Bah ! chez Francine, c'est bête comme
tout, dit Paul.

— Eh bien ! et moi donc, où je vais.

— C'est égal, c'est naïf, dit Paul.

— C'est toi qui es naïf, en vérité, dit Pierre en riant. Si j'avais connu plus tôt ton goût pour le naïf, je t'aurais fait inviter ; j'aurais dit que tu étais chevalier de la Légion d'honneur... Attends-moi chez Francine.

— Elle me déplaît, au fond, cette fille.

— Te voilà bien ; fraîche, blanche, un teint de lis et de rose, des dents de perles... Tu sais le reste de la tirade.

— Sans doute, je sais le reste... Pas d'âme, et bête, bête !...

— Bonsoir, dit Pierre, j'arriverai de bonne heure...

— Il me semble, dit Paul en regardant Pierre qui s'éloignait, que dans cette maison qu'il trouve si ridicule on serait heureux ! Hé bien, là, oui, il ferait bien d'y rester... Franche, c'est un joli nom... décidément j'aurais dû y aller avec lui.

Pierre ne s'était pas trompé, Franche portait ce jour-là sa première robe de soie, une petite robe grise, montante au cou, à manches larges; des cheveux blonds, lissés et retroussés derrière la tête, laissaient à découvert une petite, très-petite oreille rose. Franche avait dix-sept ans, elle était très-sérieuse, ce qui donnait à son sourire une grâce charmante; elle était gaie, ce qui donnait à son visage un calme singulier et à ses mouvements une harmonie, une légèreté rares.

Elle était occupée depuis le matin à préparer la fête du soir.

— Ma chère maman, disait-elle à Mme Kerdoëc, je vous préviens que ma sœur Marie et mon frère Michel ont bien mérité de votre tendresse. Ils ont à eux deux traduit du breton, que vous aimez tant, un vieux noël qu'ils vous chanteront en prose ce soir. Je vous dis cela, ma chère maman, parce qu'il ne faut pas non plus que vous soyez trop surprise, ni sur-

tout que vous soyez prise au dépourvu. Cela
vaut bien une poupée et un livre de plus.

— Voilà, disait Mme Kerdoëc, comment
vous me ruinez au nom de l'Enfant Jésus.
C'est scandaleux ; mais je crois que votre
père n'a pas ignoré ce grand œuvre de la tra-
duction, et que sa chambre est pleine des choses les plus inattendues.

— A la bonne heure, dit Franche, il ne faut
pas que la surprise aille jusqu'à l'ignorance.

Quand Pierre arriva, les invités étaient
déjà réunis dans la chambre à coucher de
Mme Kerdoëc, car le salon ne devait s'ouvrir
qu'après le dîner.

Pierre vit là quelques vieilles femmes en
cheveux blancs, coiffées de dentelles et douil-
lettement vêtues de satin ; quelques jeunes
filles, très-simples, très-gaies, très-lestes, et
fort occupées à plaire aux vieilles femmes qui
étaient là. Aux sourires des unes et des autres, Pierre devina vite que les jeunes filles

n'étaient aussi aimantes que parce que les vieilles femmes faisaient tout pour être aimables.

Je ne sais quel parfum de simplicité, de gravité et de joie se sentait dans cette maison. Pierre subit l'influence de ce milieu sans s'en rendre compte, et quand il salua Mme Kerdoëc. il aurait rougi si quelqu'un lui avait rappelé ses plaisanteries du matin.

Mon cher enfant, lui dit Mme Kerdoëc, nous avons transporté ici les usages de notre province, et je vous avertis que vous êtes ici pour fêter la Noël.

— Je sais cela, ma tante, et j'apporte à Franche mon petit présent, dit Pierre, assez fier du bracelet qu'il avait dans sa poche.

—Apportez-le plutôt à l'Enfant Jésus, mon ami, dit Mme Kerdoëc avec simplicité. Si notre petite fête peut vous rappeler ce qu'il demande, c'est tout ce qu'il faut. Mais voici le dîner, ajouta-t-elle.

7**

Et prenant le bras de son neveu, elle entra dans la salle à manger, suivie de ses invités.

Pierre, depuis un instant, se sentait timide de cette bonne timidité que l'on éprouve en présence de ceux qui savent plus que nous la vérité ; il était étonné d'entendre des femmes et des jeunes filles instruites, sages, aborder avec grâce et finesse des questions générales qui lui étaient devenues étrangères ; il sentait toutes ces femmes absolument oublieuses d'elles-mêmes. Les compliments qu'il avait l'habitude de faire aux autres femmes lui vinrent à la pensée : il les trouva si ridicules, il sentit si bien l'étonnement railleur qu'ils exciteraient, qu'il eut honte de lui.

Franche le regardait en riant avec malice.

— Vous avez l'air tout dépaysé ? lui disait-elle.

Les femmes ne savent pas assez combien leur vie intérieure réfléchit sur toute chose, et de quel rayonnement les entourent leurs pensées habituelles. Nous sommes avertis de la vanité, de la frivolité, du vide avant que d'avoir eu le temps de saluer une femme ; nous sommes aussi avertis de sa sagesse et de sa bonté avant de lui avoir entendu dire un mot. La vie intérieure nous traverse, et nous imposons par notre rayonnement le mépris ou le respect.

Pierre essaya de parler à Franche de la vie agitée, fiévreuse de Paris, mais le malicieux sourire de sa cousine l'arrêta.

— N'essayez pas de me faire ce conte-là, mon cousin, lui dit-elle ; ce que vous appelez la vie agitée, fiévreuse, c'est au moins l'ennui et le désœuvrement, et au plus le crime ; il n'y a rien de fécond entre ces deux termes : ce qui est fécond est recueilli, grave et pur. Je suis certaine que vous n'êtes encore qu'au premier terme de la vie dont vous parlez, il est temps de revenir.

— Elle a raison dit une voix.

Et Pierre fut s'asseoir dans un coin du salon.

Les présents avaient été préparés à l'avance
autour de l'arbre de Noël, et quand on eut causé
un instant, on fit entrer les enfants. Michel
et Marie, le frère et la sœur de Franche, ap-
prochèrent et se mirent à chanter le noël dont
elle avait parlé à sa mère, la voix fraîche et
douce des deux enfants chantant alternative-
ment une strophe de la complainte que voici :

CANTIQUE AU PETIT JÉSUS.

Au printemps, la violette fleurit à l'ombre,
le long des chemins.

Il y avait dans une étable un bœuf et un
âne, premiers compagnons du doux Seigneur.

Qui donc met aux rosiers des feuilles si
frêles et si merveilleuses.

Le bœuf et l'âne attendaient le doux Seigneur qui ne pouvait parmi les hommes trouver un gîte.

_____

Qui donc colore les roses et leur donne la fraîcheur, le parfum et la grâce?

_____

A la porte d'une hôtellerie la reine des anges frappait.

_____

Qui donc mouille de rosée toute la terre le matin ?

_____

— Ouvrez, dit l'époux de Marie, la fatigue nous arrête en chemin.

_____

Qui donc donne à l'aurore des feux si doux et au soir des splendeurs si profondes que les larmes montent aux yeux?

_____

L'hôtelier dit à la femme sans tache : Il n'y a plus de place, allez dans l'étable avec le bœuf et l'âne.

_____

7***

Qui donc remplit les cieux des feux incompréhensibles de la nuit ?

Le bœuf et l'âne reçurent les voyageurs fatigués.

Qui donc connaît l'étendue de l'immensité ?

La femme dit : Ici naîtra le Fils que nous attendons, le doux Jésus, Sauveur des hommes.

Le bœuf est fort et l'âne est humble, ils se rangèrent et firent place à Dieu.

Qui donc allume, dans la nuit, les étoiles au firmament ?

Dans des langes et sur la paille la femme coucha son enfant.

Mais une étoile brillante se leva à l'horizon.

Les bergers levèrent la tête et quittèrent leurs troupeaux. L'infini sommeillait.

———

L'enfant s'endormit dans la crèche.

———

Les bergers dirent : Où donc est-il, le berceau du Dieu vivant?

———

L'étoile marqua l'orient, et les rois dirent : Il est né un petit enfant.

———

Qui donc calme les tempêtes? Qui donc resplendit aux cieux ? Qui donc fait fleurir les roses ? Qui donc dore les moissons? A qui donc la lumière obéit-elle chaque jour ? Qui donc féconde la terre? Qui donc tourmente les cœurs?

———

L'enfant se nommait Jésus, l'âne et le bœuf soufflaient dessus.

———

Qui donc comblera l'espérance? qui donc sèchera les pleurs?

L'enfant attendait dans ses langes, et sur la paille on entendait les pieds des anges qui passaient.

Les rois vinrent avec l'or, la myrrhe et l'encens, et dirent : Où donc est l'enfant?

Les pauvres quittèrent leurs chaumières en disant :

Voici le jour.

Dans la crèche, l'enfant dormait, l'âne et le bœuf le flairaient ; et à ceux qui demandaient :

Qui donc est là, dans cette étable?

A ceux qui demandaient :

Qui donc est maître dans les cieux?

La femme et l'homme répondaient :

C'est la parole de Dieu.

Tandis que les enfants chantaient, Pierre crut entendre une voix qui suivait avec lui la complainte, et qui lui disait :

— La violette fleurit à l'ombre, le long des chemins ; tu ne peux que la flétrir et tu te crois quelque chose.

Comme à l'hôtelier Dieu te demande un gîte, et comme l'hôtelier tu chasses la vie éternelle pour loger les puissants de ce monde.

Fais-toi semblable au bœuf et semblable à l'âne, fort et doux, et tu verras la naissance du Dieu tout-puissant.

Alors les rois viendront et ils poseront sur ton front la triple couronne de la patience, de la sagesse et de l'amour ; tu régneras sur ton propre cœur et tu connaîtras les douceurs de la puissance.

L'étoile se lève, les bergers montrent l'orient ; sois simple, et tu verras la lumière, la lumière qui éclaire les profondeurs de l'être et la surface impénétrable du néant ; le petit enfant qui

est né dans la crèche est celui qui a apporté l'é-
clatante lumière qui te montre en ce moment à
découvert le terrible vide de ton cœur. L'épouvantable abîme de toi-même est béant devant
toi. Regarde... Va, lève les yeux maintenant;
suis l'étoile, dis avec les bergers et les rois :

Qui donc est né dans cette étable? qui
donc est maître dans les cieux? et comme
eux tu sauras la réponse.

C'est la parole de Dieu.

A ce dernier mot de la complainte des enfants et tandis que chacun se pressait autour
d'eux pour les remercier et leur faire des cadeaux, Franche regarda son cousin : deux
grosses larmes coulaient sur ses joues; il ne
paraissait ni voir ni entendre ce qui se passait autour de lui.

Franche se plaça devant lui de manière à
le cacher aux regards des invités.

— Vous pleurez, Pierre, lui dit-elle avec
un sourire, c'est le commencement de la joie.

LES VOIX MYSTÉRIEUSES

TROISIÈME CONTE.

—∘∘⁚∘⁚∘∘——

Au soleil, la Bretagne est sévère avec ses grandes landes, ses rochers, ses chênes rabougris et sombres ; à la brume, elle est triste ; la nuit, elle est effrayante.

Le voyageur qui parcourt au grand jour ses ravins profonds et ses landes désertes, frissonne en pensant que peut-être il pourrait se trouver là, la nuit sans guide. Il lui semble que de chaque buisson sortiraient des ombres errantes qui le tromperaient ; il lui semble déjà voir tourbillonner et sautiller devant lui

les feux follets. Le mugissement mélancoli-
que du vent dans les pins, le jour le fait rêver ;
la nuit, il mettrait le trouble dans son cœur.
Il lui semblerait entendre les voix plaintives
des âmes souffrantes demandant des prières ;
à ceci ajoutez le mugissement lointain de la
mer, vous restez saisis d'épouvante.

La Bretagne est belle ; mais la nuit, il
semble que cette terre ait conservé quelque
terrible souvenir, il semble que vous allez
voir surgir devant vous les ombres tour-
mentées de quelques grands coupables.

Allez en Bretagne avant de dire que vous ne
croyez pas au monde invisible, aux esprits
et à l'intervention des anges et des démons.

Ne dites rien avant d'avoir parcouru seul,
la nuit, ces landes désertes, au milieu des-
quelles se dressent les pierres triangulaires
encore humides, malgré les siècles qui ont
soufflé dessus, du sang humain qui y fut ré-
pandu.

Ne dites rien avant d'avoir entendu les voix étranges, qui murmurent derrière de vieux pans de mur ou sous les touffes de genêts épineux.

C'était un soir, un soir de Noël, la lande était couverte de neige, les ravins étaient comblés ; on ne distinguait plus que de loin en loin une touffe sombre de genêt ou quelque vieux chêne tout coutourné, pliant sous le vent du soir, gesticulant au bord de la route , se penchant avec des craquements sinistres, comme pour saisir le voyageur attardé.

Les dolmens eux-mêmes se dressaient au loin comme des ombres portant à leur sommet une couche de neige, vous eussiez dit le spectre de quelque guerrier gaulois, en cheveux blancs, couvert encore de son armure.

Si vous aviez été là, le soir, ne sachant pas votre route, glacé de froid et d'épouvante,

8

vous auriez pu voir dans la brume épaisse une ferme isolée et vous auriez entendu sortir, par les portes entrebâillées, des cris étouffés, vous auriez vu s'agiter des ombres, vous auriez entendu le craquement des portes et des serrures, et au milieu de tout cela la voix chevrotante d'un homme qui disait :

— Encore, encore.....

Et les coups sourds d'un instrument contondant, et la voix chevrotante qui disait :

— Encore, encore.....

Et le bruit de l'or, remué avec rage, et des soupirs, puis un bruit semblable au ronflement d'un homme endormi, puis un hoquet court et profond, puis rien... Un silence au milieu duquel vous auriez à peine entendu le pas pressé d'un homme fuyant sur la neige.

Si vous aviez été là le soir, ne sachant pas votre route, glacé de froid et d'épouvante, avec quelle joie n'auriez-vous pas aperçu le

point brillant, scintillant et joyeux d'une petite lumière.

Cette petite lumière venait de la chambre
de Marguerite.

C'était un soir, un soir de Noël, et toute la
famille était réunie, il y avait Marguerite et
son mari, et ses enfants, et ses sœurs. Le feu
brillait et pétillait dans la cheminée, une
large bouilloire chantait à mi-voix, le ventre
rougi par la braise ; sur la table une théière,
des tasses et des gâteaux attendaient que
Marguerite eût fini de bercer son fils et sa
fille, de grands enfants, je vous assure, mais
si habitués aux caresses que, depuis douze
ans qu'ils étaient au monde, ils n'avaient pas
encore pu s'en passer un seul jour. Puis tout
à coup ils se mirent à rire, à chanter, à danser
comme des fous, pendant que Marguerite, leur
mère, paresseusement enfouie dans une large
bergère, les regardait en souriant, en remuant
la braise et en chantant aussi à mi-voix.

Les rideaux bruns à grandes fleurs étaient tirés, les portes bien closes. Au fond de la chambre se voyaient sous les draperies brunes à grandes fleurs les deux cabinets où couchaient les deux enfants, deux petits cabinets bien chauds, bien près du lit de Marguerite. Elle pouvait, en dormant, écouter la respiration légère de Louis et de Marie. C'était une véritable chambre de mère remplie de cachettes : ici les bonbons, ici les livres, partout les caresses !

Enfin, on se serra plus près du feu, plus près les uns des autres.

— Je regrette, dit Marguerite, que personne ne soit ici avec nous pour fêter la nuit de Noël, mais il fait si noir, si froid, la neige est si épaisse et la bise si pénétrante, que personne n'oserait sortir de chez soi.

— Nous irons pourtant à la messe, dit un des enfants, Louis, je crois, à la messe de l'Enfant Jésus.

— Il fait un temps, dit Marguerite, à ne
pas mettre le pied dehors, je plains ceux qui
sont en ce moment égarés dans les landes, ou
seulement attardés sur la route.

En ce moment la neige fouetta les vitres en
pétillant, le vent s'engouffra avec violence
dans la cheminée et descendit avec un murmure plaintif jusque dans la chambre ; les rideaux à grandes fleurs s'agitèrent, les enfants
se serrèrent contre leur mère, et, au même
moment, un coup de marteau retentit sur la
porte de la maison :

— Ouvrez, cria du dehors une voix haletante.

Les enfants avaient peur, Marguerite hési-
tait, ses sœurs s'étaient levées effrayées.

Un second coup retentit, plus fort, plus
impératif que le premier, et Marie dit à son
père :

— C'est la nuit de Noël, il ne faut pas avoir
peur, ouvrons, c'est peut-être un ami.

A peine la porte fut-elle ouverte, qu'un homme se précipita dans l'intérieur de la maison, et, guidé par la lueur qui s'échappait de la chambre de Marguerite, il y pénétra.

Il était grand, maigre, assez bien mis ; avant de parler il rajusta sa cravate d'une main tremblante ; ses yeux noirs parcoururent un instant la chambre et s'arrêtèrent sur ses souliers couverts de neige, qu'il secoua vivement devant le feu, puis il regarda Marguerite, les enfants, les deux jeunes filles, et, s'adressant à M. Bernard, qui le suivait :

— L'heure, s'il vous plaît ? Monsieur, dit-il d'une voix encore haletante. Puis il tomba plutôt qu'il ne s'assit sur une chaise près du feu.

L'arrivée de cet inconnu avait été si imprévue, si inattendue, si étrange, sa question était si bizarre, que M. Bernard fut un moment avant de pouvoir lui répondre.

— Onze heures, Monsieur, dit-il enfin. Je

ne doute pas, ajouta-t-il, que vous ne vous soyez égaré dans nos landes? Peut-être êtes-vous en retard pour quelque affaire importante? Vous tremblez, le froid vous aura saisi, peut-être avez-vous vu quelques apparitions près de nos dolmens, qui, dit-on, sont hantés des esprits. Enfin, Monsieur, reposez-vous, chauffez-vous, et si nous pouvons vous être utiles en quelque chose.

— Nous allions fêter la Noël, Monsieur, dit Marguerite, et je bénis les circonstances qui nous envoient un hôte pour partager avec nous; le thé sera bientôt prêt, il vous réchauffera.

Les enfants étaient silencieux.

L'étranger fit signe de la main qu'il remerciait.

— Monsieur, dit l'une des sœurs, nous vous recevons en l'honneur de Celui qui ne trouva de gîte dans aucune hôtellerie et qui naquit dans une étable pour le salut du monde.

— C'est vraiment un bonheur pour nous de recevoir aujourd'hui un étranger, dit encore Marguerite ; l'hôte qui arrive la nuit de Noël n'est pas un hôte ordinaire, il me semble qu'il est envoyé.

— Voilà le thé, ajouta-t-elle encore en lui présentant une tasse.

L'étranger regardait vaguement et se mit à dire, d'une voix chevrotante, tandis que Marguerite versait :

— Encore, encore.....

La tasse était remplie jusqu'au bord, et l'étranger disait :

— Encore, encore.....

Marguerite, étonnée, le regarda, et, ayant rencontré le regard de cet homme, elle frissonna en reculant d'un pas.

Les deux enfants se serrèrent contre leur mère par un mouvement instinctif plus rapide que l'éclair.

Puis il se fit un long silence.

— Marguerite, dit enfin M. Bernard, vous aviez promis aux enfants de leur raconter une histoire avant la messe de minuit, il ne faut pas que la présence de Monsieur vous fasse manquer à vos promesses ; c'est ce soir la fête des enfants.

— Chantez-nous plutôt, dit une des sœurs, la ballade de l'écho, ensuite Monsieur nous racontera.....

— Oui, oui, chantez, chantez, dit l'étranger d'une voix chevrotante ; encore... encore...

— Ceci, dit Marguerite, est un dialogue ; puis elle chanta.

BALLADE DE L'ÉCHO.

LE VIEILLARD. — Mon fils, donne-moi ta tourterelle.

JEAN. — Quoi, déjà ! donner ma tourterelle, mais c'est à peine si j'ai eu le temps de

8*

la réchauffer dans mes mains ! oh ! pas encore, j'aime ma tourterelle, vois comme le duvet de ses ailes est léger.

LE VIEILLARD. — Je te donnerai des roses, des roses nouvelles.

L'ÉCHO. — Ta tourterelle n'est pas ce que tu aimes.

JEAN. — Est-ce donc les roses que j'aime ?

LE VIEILLARD. — Maintenant, mon fils, donne-moi cet enfant qui joue avec toi sur le gazon.

JEAN. — Cet enfant ? mais c'est mon ami, c'est mon frère ! Quoi encore ? N'as-tu pas assez de ma tourterelle ? Ah ! non, j'aime cet enfant depuis que je joue avec lui ; c'est à peine si les violettes ont eu le temps de se flétrir.

LE VIEILLARD. — Je te donnerai des roses, nouvelles.

L'ÉCHO. — Cet enfant n'est pas ce que tu aimes.

JEAN. — Est-ce donc les roses que j'aime ?

LE VIEILLARD. — Maintenant, mon fils, donne-moi ce jeune homme qui est devenu ton ami.

JEAN. — Quoi, encore! Ah! je ne puis, il est jeune, il connaît les secrets de mon cœur; non, je l'aime, j'ai partagé avec lui les roses que tu m'as données, et le matin, à mon réveil, c'est lui que je vois le premier.

Le VIEILLARD. — Je te donnerai des roses, des roses nouvelles.

L'ÉCHO. — Ton ami n'est pas ce que tu aimes.

JEAN. — Est-ce donc les roses que j'aime?

LE VIEILLARD. — Maintenant, mon fils, voile la face de ton aïeule, tu ne la verras plus, donne-la-moi.

JEAN. — Mon aïeule? ah! tu es cruel, c'est elle qui m'a tenu sur ses bras, c'est à sa voix déjà tremblante que j'ai été bercé. Avait-elle donc déjà peur de toi?... Je ne puis renoncer au sourire de ses yeux, aux caresses de sa voix, qu'en veux-tu faire? Elle a peine à porter le poids de ses ans! Non, non, j'aime sa voix tremblante, et son pas chancelant arrache des larmes de mes yeux.

Le Vieillard. — Je te donnerai des roses, des roses nouvelles.

L'Écho. — Ton aïeule n'est pas ce que tu aimes.

Jean. — Est-ce donc les roses que j'aime? Mais arrête-toi, car j'ai vu assise au bord d'un ruisseau une jeune fille, blanche et douce comme les paquerettes des prés; elle m'a souri, arrête-toi, ne me la demandes jamais.

Le Vieillard. — Peut-être.

L'Écho. — Ce n'est pas elle que tu aimes.

Jean. — Que fais-tu donc toujours, marchant à mes côtés?

Le Vieillard. — Je berce ton fils et je lui apporte des roses, des roses nouvelles.

Jean. — Arrête-toi, tu lui prendrais sa tourterelle! Va! tes roses n'ont plus le parfum d'autrefois.

L'Écho. — Les roses ne sont pas ce que tu aimes.

Le Vieillard. — Maintenant, mon fils, donne-moi ton père.

Jean. — Ah! n'avance pas, j'aime son visage sévère, autrefois j'y ai vu le sourire de la jeunesse. N'avance pas, les roses que tu as apportées ont flétri ses joues et éteint son regard.

Le Vieillard. — Je te donnerai des roses, des roses nouvelles.

L'Écho. — Ton père n'est pas ce que tu aimes.

Jean. — Où donc est mon amour?... Les roses n'ont plus de parfum. Les roses ne sont pas ce que j'aime, et mon père n'est plus!...

Le Vieillard. — Maintenant, mon fils.....

Jean. — N'avance pas, je t'en prie.

Le Vieillard. — Maintenant, mon fils.....

Jean. — Ah! ta voix déchire mon cœur!

Le Vieillard. — Maintenant, mon fils, voile le visage de ta mère, tu ne la verras plus, donne-la-moi.

Jean. — A ta voix terrible, verrais-je donc tout crouler autour de moi? Ma mère, ma mère! Non, non, attends au moins, attends un jour, ne la prends pas, attends à demain! Je l'aime, je tiens encore à ses entrailles, il me semble que je vois, sur ses lèvres flétries, le sourire que je voyais sur ses lèvres vermeilles d'autrefois.

Le Vieillard. — Donne-la-moi.

Jean. — Sa voix est devenue tremblante; a-t-elle donc peur de toi?.....

Le Vieillard. — Voile son visage, donne-la-moi, je te donnerai des roses, des roses nouvelles.

L'Écho. — Ta mère n'est pas ce que tu aimes.

JEAN. — Les roses sont flétries; les roses ne sont pas ce que j'aime, et ma mère n'est plus! où donc est mon amour?

LE VIEILLARD. — Maintenant, mon fils.....

JEAN. — N'avance pas, tu me fais peur; elle seule me reste, souviens-toi!..... Elle était assise au bord d'un ruisseau, blanche et douce comme la paquerette des prés, elle m'a souri, et depuis elle ne m'a pas quitté.

LE VIEILLARD. — Donne-la-moi; je te donnerai des roses, des roses nouvelles.

JEAN. — Ah! n'avance pas; tu caches derrière toi la faux sous laquelle sont tombées toutes les fleurs de ma jeunesse; n'avance pas, je l'aime.

LE VIEILLARD. — Donne-la-moi; je te donnerai encore des roses, des roses nouvelles.

L'ÉCHO. — Ta femme n'est pas ce que tu aimes.

JEAN. — Les roses ne sont pas ce que

j'aime, et tu m'as tout emporté ! N'avance plus ; laisse mon fils, laisse-le, ne lui prends pas sa tourterelle.

L'Écho. — La tourterelle n'est pas ce qu'il aime.

Jean. — Où donc, où donc est notre amour ? Notre amour est avec celui qui n'emporte rien, et tu es son messager ; viens, ne me promets plus de roses ; ouvre la porte par où ils ont tous disparu ! Mon amour est celui en qui tout subsiste. En lui, je retrouverai mon frère, mon aïeule, mon ami, mon père, ma mère ; je retrouverai la compagne de ma vie et la tourterelle depuis si longtemps emportée !

Le Vieillard. — Maintenant, mon fils, viens avec moi.

Jean. — Tu n'es donc pas impitoyable, tu me prends, à la fin ! Hé bien ! laisse-moi dire un mot à cet enfant qui joue avec sa tourterelle.

Le Vieillard. — Fais vite, il te reste à peine un instant.

Jean. — Mon fils, mon fils, écoute-moi, mon fils ; tes yeux m'interrogent, ton oreille est attentive, mon fils, écoute-moi : ta tourterelle n'est pas ce que tu aimes ! Adieu.

Il y eut un moment de silence, pendant lequel les enfants regardèrent leur mère avec des yeux étranges, des yeux mélancoliques, des yeux qui questionnaient, des yeux qui comprenaient à demi ; le regard étonné de l'enfant dont l'âme est saisie avant l'intelligence.

— Qui donc est le vieillard, dit Louis ?

— Maman me l'a dit un jour, dit Marie ; c'est le temps, vois-tu, Louis, c'est bien vrai cela ; déjà notre petit oiseau est si vieux, qu'il ne chante plus.

— Ce qu'il faut aimer, dit Marguerite en se levant, plus que votre père, plus que votre mère, et plus que vous-même, c'est l'enfant

Jésus, le Dieu fait homme, le Fils du Père, le Dieu vivant. Mais voici le dernier coup de la messe ; sortons.

L'étranger se leva.

— Le temps emporte donc tout, dit-il d'une voix chevrotante, tout, tout, même l'or.....

— Monsieur, dit Marguerite, voici le dernier coup de la messe, vous venez, je pense, avec nous ?

Les enfants ont un sens particulier ; ils assistent, pour ainsi dire, aux actes de l'âme, ils entendent, si je puis m'exprimer ainsi, les voix intérieures, les voix mystérieuses qui parlent au cœur de l'homme, c'est ainsi que s'expliquent certaines antipathies, et certaines sympathies qu'ils témoignent sans causes apparentes, et qui font dire d'eux, par ceux qui ne les observent pas, qu'ils sont inconséquents, légers, étourdis.

Quand l'étranger était entré, Louis et Marie avaient eu peur, et particulièrement peur, quand, de sa voix chevrotante, il avait dit :

— Encore, encore !.....

Eurent-ils connaissance de la voix qui s'éleva dans le cœur de cet homme, pendant ce court trajet de la maison à l'Église? entendirent-ils ce que cet homme entendit au fond de son cœur ?

Le temps emporte tout, se disait-il ; oui, tout ; il a pour moi tout emporté, et il emportera encore cet or que j'ai ramassé dans le sang.

Et comme un écho, une voix s'éleva dans son cœur, qui lui dit :

— Ce n'est pas l'or que tu aimes.

Il lui semblait entendre encore les paroles de la ballade.

— Etais-je donc fait, pensait-il, pour aimer ce qui est impérissable ?

A cette pensée, un frisson lui traversa l'âme.

— Le pourrai-je encore, se dit-il, souillé comme me voilà.

Toute sa vie lui apparut comme une folie, comme un vertige, un vide immense se fit au fond de lui-même, deux larmes tombèrent de ses yeux.

Qui peut dire de quel poids pèsent les premières larmes du repentir ?

Cet homme s'agenouilla près de Marguerite, près des enfants, au milieu de la nef, au milieu de la fumée de l'encens. Les enfants avaient peut-être entendu la voix mystérieuse, car ils lui prirent la main, eux qui, tout à l'heure, avaient eu peur, et levèrent les yeux sur lui.

En ce moment, la voix de l'orgue disait avec les prêtres et les assistants :

« — Innocent, vous payez la peine de mes
« crimes ; législateur, vous vous assujet-
« tissez à la loi que j'ai méprisée ; c'est ainsi
« que vous enseignez la justice. »

Un instant plus tard, l'étranger avait quitté Marguerite et ses enfants et, dans un coin sombre de l'église, tout à l'heure remplie de lumière et d'encens, il disait :

— Mon père ! mon père, pensez-vous que je puisse racheter mes crimes et ne suis-je pas mort pour l'éternité ?

— Mon fils, disait le prêtre, Dieu est mort pour racheter votre âme, il a payé pour vous, il ne vous reste plus qu'à l'aimer. J'ai prononcé sur votre tête des paroles qui ne me permettent plus de me souvenir.

— Suivez-moi donc, dit l'étranger.

Aux premières lueurs du jour, on eût pu voir passer dans la lande déserte deux hommes marchant rapidement. Ce n'était plus le pas léger de celui qui fuit; c'était le pas rapide de celui qui arrive.

Un de ces deux hommes portait dans ses mains un vase d'or, l'autre portait une lumière ; ce n'était pas la lumière tremblotante d'un feu follet, c'était la lumière rayonnante et joyeuse, la petite lumière qui brillait un instant avant dans le coin le plus reculé de l'église.

Ils marchaient rapidement et éclairaient en passant les genêts si sombres et les dolmens déjà teints des bandes roses du soleil levant.

— Mon père, dit l'homme qui portait la lumière, après ceci j'appartiendrai à la justice des hommes. Dieu pardonne, il connaît le repentir, mais les hommes ne pardonnent pas !

S'il n'est pas mort, mon fils, dit le prêtre, il peut pardonner, l'homme est en ceci l'égal de Dieu. Qui sait si ce n'est pas au nom de la miséricorde que cette parole : *vous serez comme des dieux*, devient applicable à l'homme dans le temps. Attendez, mon fils, l'homme chrétien à qui un de ses frères dit :

— J'ai péché,

A le droit de répondre :

— Je ne m'en souviens plus.

La justice n'appartient pas aux hommes ; mon fils, pour être juste il faudrait avoir la science de Dieu et sa miséricorde infinie.

— C'est ici, mon père, dit l'homme qui portait la lumière, vous le trouverez gisant, et mort, peut-être ; il y a à peine deux heures que je le désirais, je fuyais, espérant qu'il ne parlerait plus jamais, j'ai parlé pour lui, mon père !

Le corps était étendu sur le plancher, et les pieds du prêtre glissèrent dans le sang, puis tous deux le placèrent sur un lit, et, à la lueur de la petite lanterne, ils pansèrent les plaies béantes.

Le jour parut, et les premiers rayons du soleil éclairaient le lit.

— Mon fils, dit le prêtre, ses lèvres ont frémi.

L'assassin se leva et se plaça au fond de la chambre, derrière le lit, et attendit en silence.

En ouvrant les yeux le moribond vit le prêtre, et sur la table le vase d'or.

— Mon père, dit-il, vous le voyez, j'ai été attaqué, j'ai été assassiné, je reconnaîtrai partout le monstre...

— Confessez-vous, mon fils, dit le prêtre, le Dieu vivant est dans votre demeure.

L'assassin sortit.

Un instant après le prêtre prit le vase d'or et dit :

— *Corpus Domini nostri Jesu Christi custodiat animam tuam, in vitam æternam.*

— *Amen,* dit une voix que le moribond crut être celle du prêtre.

Il y eut un long silence.

— Comment donc avez-vous su..... mon père? dit enfin le malade.

— Je lui ai tout dit, dit l'assassin, qui se

montra. J'ai parlé pour vous, je lui ai tout dit, répéta-t-il encore, en regardant le prêtre.

— Vous m'avez amené ici, mon fils, je ne me souviens pas d'autre chose.

— Je lui ai tout dit, dit encore l'assassin, en regardant le malade. Car c'est moi ; vous souvenez-vous de cette nuit ? Eh bien, c'est moi.

Le malade se souleva, et, regardant l'assassin, il répondit :

— Je ne me souviens pas.

Quand le prêtre revint de la ferme, suivi de Paul, car c'était Paul qu'il s'appelait, cet assassin, en passant sous les fenêtres de Marguerite, il l'entendit qui disait :

— Ce n'est pas l'or que j'aime, comme s'il s'était souvenu du refrain de quelque vieille ballade.

Un an plus tard, la nuit de Noël, Marguerite entendit frapper un coup à sa porte. C'est à pareil jour et à pareille heure, l'an dernier, dit M. Bernard, que cet étranger entra ici, vous souvenez-vous, Marguerite? cet étranger qui n'est jamais revenu.

En ce moment, celui qui avait frappé entra, suivi d'un frère de son ordre : c'était un Capucin.

Il demanda l'hospitalité.

Il fut reçu avec son compagnon, comme l'avait été l'étranger l'année précédente.

Quand on eut pris le thé, il dit à Marguerite :

— Madame, chantez donc la ballade de l'écho.

Marguerite alors le reconnut, et il lui raconta son histoire.

Son compagnon ajouta : dès que je fus guéri je partis avec lui, et je pris avec lui cette robe.

— En me soignant, il m'avait chanté la ballade de l'écho.

-- Celle où il est dit que le temps emporte tout, dit un des enfants.

— Oui, mon fils, dit le capucin. Hors l'amour, qui est Dieu!

FIN.

TABLE

FIN DE LA TABLE.

Le Mans. — Typ. Monnoyer frères. — Sept. 1864.